Angelicas Wunderwelt

Band 1

Für alle, die an Wunder glauben wollen.

Empfohlene Lesereihenfolge:

Angelicas Wunderwelt: Vom Universum berührt

Angelicas Wunderwelt: Vom Herzen geführt

Angelicas Wunderwelt: Das Buch des Universums

Für Updates über die nächsten Bücher und ein exklusives Kapitel zum ersten Band, melde dich hier zu den Wunderbriefen an:

www.angelicas-wunderwelt.com

\- Special Edition -

Angelicas Wunderwelt

– Vom Universum berührt –

Wilfried Hajek

Von Herzen alles
Liebe und
viel Freude beim
Lesen,

Wilfried Hajek

1.

Als das Universum an diesem Tag aufwacht, ist es verwirrt. Im Allgemeinen braucht es eine ganze Portion Gelassenheit und Klarheit, um die gesamte Existenz im Großen und jede einzelne Zelle im Besonderen zu sein. Doch heute ist das Universum tatsächlich durcheinander. Es breitet sein Bewusstsein aus, um zu erspüren, was in seinen vielen Welten geschieht, und versucht, die Ursache seiner Verwirrung zu finden. „Das ist ... eigenartig", murmelt das Universum, als es nichts findet. Es dauert ungewöhnlich lange, den Bruchteil einer Sekunde, bis dem Universum die Tragweite dieser Erkenntnis bewusst wird: „Die große Veränderung hat noch nicht begonnen, obwohl es schon an der Zeit gewesen wäre", flüstert es kopfschüttelnd. Eigentlich hat das Universum unendliche Geduld und doch ist es Pünktlichkeit bei den großen und kleinen Ereignissen des Lebens gewohnt. Da es alle Zusammenhänge auf einmal sehen kann, ist das auch nicht weiter verwunderlich.

Dann erinnert sich das Universum an die Zukunft und ein kindliches Lächeln breitet sich auf seinem Gesicht aus. Eines muss man wissen: Wenn das Universum auf diese Art lächelt, entstehen neue Welten, und Sterne explodieren in einem farbenfrohen Feuerwerk. Genau in diesem Moment, als das Universum verträumt in die Zukunft blickt, entsteht aus dem Nichts ein lichtdurchflutetes Stundenglas. Goldene Körnchen befinden sich im oberen Teil des Glases und leuchten geheimnisvoll, während sie durch die schmale Stelle nach unten fallen.

Das Universum nimmt das Glas nachdenklich in die Hand. „Zeit", haucht es fast ehrfürchtig in den unendlichen Kosmos. Das Wesen von verrinnenden Stunden, Minuten und Sekunden ist eines seiner außergewöhnlichsten Kreationen. Das Universum schnipst mit dem Finger und neben ihm erscheint ein einzelner Flur mitten im Nichts. Bedeutungsvolle Stille breitet sich aus. Am Anfang des Flurs hängt eine goldene Tafel von der Decke, worauf der Name einer jungen Frau geschrieben steht:

Angelica

„Hmmm." Der Blick des Universums schweift zu einem kreisrunden gotischen Fenster am Ende des Ganges. Helles Sonnenlicht fällt durch das bunte Glas, das die Form einer Rose aufweist, und lässt den weißen Korridor in allen Farben des Regenbogens erstrahlen. Manchmal ist das Universum von seinen eigenen wundersamen Konstruktionen beeindruckt. Neugierig mustert es den Gang. Links und rechts an den Wänden befinden sich endlose Regale, in denen Stundengläser säuberlich aufgereiht nebeneinanderstehen. Unter jedem Glas ist auf Holz eine kleine goldene Plakette mit einer Inschrift angebracht, die einen ganz besonderen Moment in Angelicas Leben kennzeichnet. In manchen Stundengläsern ist die Zeit schon verronnen und diese besonderen Momente gehören bereits der Vergangenheit an. In anderen Fällen werden sie erst in der Zukunft passieren.

„Zumindest wenn alles gut geht ...", murmelt das Universum besorgt.

Es schreitet mit dem Stundenglas in der einen Hand den bunten lichtdurchfluteten Gang entlang und streicht mit den Fingern der anderen Hand sanft über die Zeitmesser in den Regalen, als begrüßte es alte Freunde. Fast lautlos fallen Millionen goldener Körnchen funkelnd in den Gläsern nach unten. Der Klang verrinnender Momente erzeugt eine Stille, die derartig intensiv ist, dass sie den Raum komplett ausfüllt. Schließlich erreicht das Universum die einzige und daher auffällig leere Stelle in den langen Reihen. Es sieht auf das Stundenglas in seiner Hand.

„Das ist also dein Ursprung", murmelt es nachdenklich. Dann beugt es sich hinab und mustert die Schrift auf der goldenen Plakette. Seine Augen weiten sich, seine Stirn bekommt tiefe Falten und sein Mund erstarrt in einer ungewöhnlich geraden Linie. So verharrt es einige Sekunden. „Der Moment im Ursprung", liest es leise vor. Langsam entspannen sich seine Gesichtszüge und es blickt den Flur hinunter zu der Quelle des Lichts.

„Ungewöhnlich", spricht das Universum, als müsste es sich noch mit einem neuen Gedanken anfreunden. Anschließend macht es eine flüchtige Bewegung mit der Hand, und der feste Stein des Korridors, der gerade noch so real und unverrückbar erschien, verschwimmt wie verwirbelnde Farben im Wasser.

Es weiß nicht ganz, was es von der Sache halten soll. Es gibt Seelen, die haben sich kleinere Aufgaben ausgesucht, und andere, die haben größere gewählt. „Und dann gibt es noch Seelen wie Angelica“, stellt es nachdenklich fest. Jene besonderen Geschöpfe, welche sich entschieden haben, die Welt zu verändern.

„Doch kann sie sich daran noch erinnern?“

Durch irdische Ablenkungen und Verwirrungen entlang des Weges vergessen viele Seelen, warum sie eigentlich auf die Erde gekommen sind. Das Universum schielt misstrauisch auf das Stundenglas in seiner Hand und lauscht aufmerksam dem kaum wahrnehmbaren leisen Rieseln der goldenen Körnchen.

Schließlich wendet es sich ruckartig ab, fasst einen Entschluss und fokussiert sich. Eine äußerst ungewöhnliche Angelegenheit für eine Existenz, die überall und nirgends zugleich ist. Doch in diesem Augenblick interessiert es sich für eine junge Frau namens Angelica, deren Stundenglas es noch immer in der Hand hält. Und so nimmt die Geschichte ihren Lauf.

Wie für irdische Wesen üblich bekommt Angelica wenig davon mit, dass das Universum seine Aufmerksamkeit auf sie lenkt. Einzig ihre braunen Locken fallen ihr in diesem Moment ins Gesicht. Aber dem schreibt sie keine weitere Bedeutung zu, da sie ohnehin davon überzeugt ist, dass ihr schulterlanges Haar ein magisches Eigenleben führt. Allerdings geschieht noch etwas. Ein samenkornkleiner Wunsch beginnt gerade in ihr zu keimen und ist der Grund für alles Weitere, was nun geschehen soll.

Es ist eine scheinbar harmlose Eingebung, die sich durch das Gedankenlabyrinth kämpfte, um für den Bruchteil einer Sekunde in ihrem Herzen aufzuleuchten. Aber das genügt, um ihr Leben zu verändern. Der Wunsch lautet: *Ich möchte wissen, wer ich wirklich bin.*

Er ist so klein und kurz, dass, wenn man Angelicas Situation betrachtet, ihm kaum jemand besonders viel Wirkung zutrauen würde. Im Kampf um ihre Aufmerksamkeit dürfte er gegen seine mächtigen Gegner „Angst“ und „Unsicherheit“ eigentlich keine Chance haben. Jedoch hat dieser Wunsch einen Vorteil: Er ist aus der Tiefe eines Herzens aufgetaucht, das nach Selbsterkenntnis strebt. Solche Wünsche haben es normalerweise nicht nötig, in den Ring zu steigen. Denn die Herzen der Menschen und das Universum verbindet eine untrennbare Freundschaft, und so hat das Herz mit seinem Wunsch einen großen Verbündeten im Kampf um Angelicas Aufmerksamkeit.

Aber schon im nächsten Moment kann sich Angelica nicht mehr an ihren Wunsch erinnern. So ist das mit den Menschen. Jene besonderen Wünsche, die das Potenzial haben, das Leben maßgeblich zu verändern, vergessen sie offenbar einfach. Manchmal fragt sich das Universum, wie so etwas möglich ist. Vielleicht hat es gerade deshalb ein besonderes Faible für Menschen. Sie folgen zwar seinen Gesetzmäßigkeiten, dennoch führt diese Sache mit dem freien Willen regelmäßig dazu, dass sich sogar das Universum verwundert am Kopf kratzt.

Was Angelica wohl zu den Überlegungen des Universums sagen würde? Man weiß es nicht, denn abgesehen davon, dass Angelica noch nichts vom Universum und dessen Interesse an ihr weiß, ist sie gerade auf eine Art und Weise beschäftigt, wie es nur Menschen sein können:

Sie wälzt Probleme.

Nervös kaut sie an ihren Fingernägeln, während unzählige Gedanken durch ihr Hirn blitzen.

Ich will hier nicht sein.

Ich will weg.

Wohin kann ich flüchten?

Wie auf Nadeln sitzt sie mitten in einem Saal voller Lehrer, Eltern und Schüler. Ihr Blick wandert zur Tür. Da wäre die Lösung für all ihre Probleme. Zumindest glaubt sie das ganz fest, und der Glaube versetzt ja bekanntlich Berge. Aufstehen und hinauslaufen – sie kann an nichts anderes mehr denken. Einfach flüchten und nicht mehr zurückschauen. Angelica ist normalerweise nicht so, aber wahrscheinlich haben die letzten Wochen einfach an ihren Nerven gezehrt.

Warum sie flüchten will, ist aus ihrer Sicht einfach zu beantworten: Da vorne auf der Bühne werden gerade die Abschlusszeugnisse verteilt und jeden Moment kann sie aufgerufen werden, um ihr Zeugnis entgegenzunehmen. Davor hat sie Angst, denn je näher sie ihrem Abschluss kommt, desto drängender wird die Frage, welche besonderen Fähigkeiten sie hat und für welchen weiteren Weg sie sich entscheiden soll. Und hier fängt das Problem an: Sie glaubt, einfach überhaupt kein besonderer Mensch zu sein. Ganz im Gegenteil, sie ist der Meinung, dass sie viel zu gewöhnlich ist und kaum herausragende Eigenschaften hat. Das beginnt schon bei ihrem Aussehen: Ihre braun gelockten Haare, die ihr immer ins Gesicht hängen, findet sie noch überdurchschnittlich schön. Doch dann geht es bereits mit der Kritik an ihr selbst los. Von ihrem Teint ist sie gar nicht begeistert. Sie ist immer ein wenig zu blass, und Sommersprossen übersäen ihr Gesicht. Andere Leute sagen ihr, dass sei außergewöhnlich hübsch – sie dagegen findet die Sommersprossen irgendwie ... unpassend. Kopfschmerzen bereitet ihr auch ihre zierliche Statur. Sie wäre gerne kurviger. Und ihre Zähne, ja, die sind wirklich viel zu groß. Aber was soll's, zumindest mag sie ihre braun-grünen Augen. Sie findet, sie geben ihr etwas Tiefgründiges. Das passt genau zu ihrer Eigenschaft, über Gott und die Welt zu grübeln ... und seltsame Träume zu haben. Seit einiger Zeit verfolgen sie wieder diese wirren Hirngespinste, die in ihr ein bestimmtes Sehnen auslösen. Ein Sehnen nach Schönheit, nach einer besseren Welt und ein glücklicheres Leben für sie und auch für andere. Sie traut sich kaum, darüber nachzudenken aber in ihren Träumen scheint sie einen Anteil daran zu haben, diese Vision zu verwirklichen. Die Vorstellung erscheint ihr geradezu abstrus, denn was soll ein gewöhnlicher Mensch wie sie schon verändern können? Wie soll sie die Welt besser und die Menschen glücklicher machen?

Dass sie nachts nicht zur Ruhe kommt, ist die eine Sache. Aber in letzter Zeit tauchen diese Träume auch tagsüber auf. Angelica muss immer wieder aufpassen, ihre wilden Gedankenpferde zu bändigen, damit keines von ihnen das Gatter ihres Lebens eintritt und sie plötzlich Dinge tut, die sie unter rationalen Umständen nie tun würde.

Eine Gefahr, die auch jetzt gerade besteht.

Unruhig sitzt sie im festlich geschmückten Turnsaal ihrer Schule. Links und rechts von ihr sind etliche Stuhlreihen aufgestellt, auf denen die Familien der Schüler Platz genommen haben. Angelicas Blick wandert zwischen den Reihen entlang bis zum Ausgang.

Der Fluchtweg wäre frei.

Sie müsste nur aufstehen, gelassen den Gang entlangschreiten und dann nach einigen Metern, bevor noch irgendwer versteht, was gerade geschieht, loslaufen. Dass ihr diese Flucht nur kurzzeitig Erleichterung verschaffen würde, ist ihr vage klar. Auch dass diese Aktion maximale Peinlichkeit nach sich ziehen würde, ist ihr bewusst. Doch sie glaubt, das verkraften zu können. Was sind schon ein paar Minuten Peinlichkeit als Preis dafür, die Freiheit zu fühlen und aus dieser Situation entflohen zu sein?

In diesem Moment spürt sie eine leichte Berührung auf ihrem Arm, die sie aus ihren Gedanken reißt. Erschrocken dreht sie sich nach rechts und blickt in das zärtlich tadelnde Gesicht ihrer Mutter Renate. Sie berührt Angelica immer am Arm, wenn sie – wie so oft in letzter Zeit und wie gerade eben – an den Nägeln kaut.

Angelica seufzt und lässt die Hände in den Schoß sinken. Grundsätzlich mag sie ihre Mutter. Aber manchmal ist es anstrengend, weil sie ihr immer wieder das Gefühl gibt, ihren Ansprüchen nicht gerecht zu werden. Manchmal ist es nur der tadelnde Blick wie jetzt gerade. Oder der lapidare Hinweis, dass ein Zimmer *so* wirklich nicht auszusehen habe. Aber gerade in letzter Zeit sind es vor allem Diskussionen über die Zukunft: „Was willst du denn einmal werden, Angelica?"

Warum kann sie mich nicht einfach in Ruhe lassen?, fragt sich Angelica. *Was soll's, ich haue jetzt ab!*

Langsam macht sie sich bereit. In wenigen Sekunden wird sie ihre Flucht starten. Sie hat alles Wichtige genau durchgeplant. Wie sie lächelnd aufsteht und in kleinen

Schritten auf den Ausgang zugeht. Sie hat absichtlich vor, nicht so zu tun, als wäre ihr schlecht, denn das würde bedeuten, dass sie von Menschen, die sich um sie sorgen, Gesellschaft bekäme. Das Lächeln dagegen soll auf die anderen und besonders auf Renate beruhigend wirken, als wüsste sie ganz genau, was sie tut. Doch das wird nur kurze Zeit anhalten. Sobald der erste verwirrte Blick auf sie fällt, weil die Zuschauer sehen, dass sie in die falsche Richtung geht, ist das ihr geheimes Signal, um im Nullkommanix auf volle Leistung zu beschleunigen. Sie ist sich ziemlich sicher, dass sie niemand aufhalten wird. Schließlich ist das hier eine gediegene Veranstaltung, da stößt man andere nicht nieder wie beim Rugby. Also ab durch die Tür und auf und davon in den Sonnenuntergang. Oder was auch immer sie dann machen wird. So weit ist sie mit ihrem Plan noch nicht gekommen. Das sind nur Kleinigkeiten, um die sie sich nach erfolgreicher Flucht kümmern wird. Angelica erhebt sich lächelnd.

In diesem Moment dröhnt eine Stimme durch den großen Saal und sie glaubt, der Allmächtige selbst spricht, als die Worte zu ihrem Gehirn vordringen: „Und nun dürfen wir zu uns auf die Bühne bitten: Angelica Enderle."

Die Menge applaudiert, während Angelica erstarrt. *Bin ich damit gemeint? Eigentlich eine ziemlich dumme Frage.* Die Hände auf die Armlehnen gestützt, hat sie sich gerade mal zehn Zentimeter von ihrem Stuhl hochgedrückt. Sie ist noch immer auf den Ausgang fixiert, der gerade in unerreichbare Ferne zu rücken scheint. Langsam gleitet ihr Blick von der Tür weg zur Bühne und huscht dabei über die Menschen, unter denen sie viele bekannte und vertraute Gesichter entdeckt. Die Leute rund um sie klatschen. Angelica kann den Enthusiasmus und die Freude der anderen für ihre und die Errungenschaften der anderen Absolventen förmlich spüren.

Mit hochrotem Kopf versucht sich Angelica zu fokussieren, um eine Kehrtwende von hundertachtzig Grad zu vollziehen. Ihr Herz, das bei der Erwähnung ihres Namens kurz ausgesetzt hat, beginnt wieder mit seinem stetigen Schlagen. Noch etwas schnell und hastig, aber es scheint wieder bereit zu sein, sich der Welt zu stellen.

Langsam entsteht in ihrem Kopf ein neuer Plan: *Zuerst das Zeugnis holen und danach ab in die Freiheit.*

Auf der Bühne stehen Angelicas Klassenkameraden nebeneinander wie aufgefädelt auf einer Schnur.

Der Direktor wartet darauf, dass Angelica nach oben kommt, ihm freundlich die Hand schüttelt und sie sich zu den anderen Schülern und Schülerinnen gesellt, die dieses Ritual bereits hinter sich haben. Noch immer wird laut und euphorisch applaudiert. Es sind nur wenige Sekunden vergangen, doch in Angelicas Kopf waren es Ewigkeiten.

An diesem Punkt muss das Universum schmunzeln. Was Angelica wohl über Ewigkeiten weiß? Wenn sie die Entstehung eines Sterns beobachten könnte, wüsste sie mehr darüber. Es dauert eine Million Jahre und jedes Mal ist das Universum vom farbenprächtigen Schauspiel zu Tränen gerührt. Allerdings würde Angelica schon längst nicht mehr in ihrem irdischen Körper existieren, bevor der Stern Form annimmt. Und dennoch interessiert sich das Universum für sie, weil ihr Herz einen Wunsch ausgesprochen hat, nämlich den, zu wissen, wer sie wirklich ist – und das Universum hört zu.

Die nächsten goldenen Körnchen fallen durch die schmale Stelle von Angelicas Stundenglas in den unteren, fast noch leeren Glaskolben. Das Universum hebt das Glas auf Augenhöhe. Es ist noch ein wenig Zeit, bis dieser besondere Augenblick in Angelicas Leben auftaucht, aber jetzt muss sie sich der ersten Herausforderung auf dem Weg stellen und auf die Bühne gehen. Das Universum erinnert sich zurück an den Ursprung dieses Stundenglases, an den Gang mit den unzähligen anderen Zeitmessern, die in einer langen Reihe stehen. Alle zeigen sie die verrinnende Zeit bis zu einem besonderen Moment in der Entwicklung eines Menschen an.

In diesen Augenblicken kann sich ein Mensch entscheiden, einen großen Schritt in Richtung seines vollen Potenzials und Glücks zu wählen. Gelingt es ihm diese besondere Entscheidung zu treffen, verschwindet dieses Stundenglas und in einem neuen wird die verrinnende Zeit bis zur nächsten großen Entscheidung sichtbar.

Sind diese Momente einmal verronnen und es ist nichts geschehen, so bleibt eine außergewöhnliche Gelegenheit ungenutzt und die goldenen Körnchen fallen erneut in demselben Stundenglas herab, bis der Mensch abermals die Möglichkeit hat, eine wegweisende Entscheidung zu treffen. Doch zwischen diesen großen Momenten gibt es viele kleine, die den eigenen Weg gestalten. Selbst wenn das für die Menschen verwirrend erscheinen mag, Paradoxien sind etwas recht Gewöhnliches im Universum. Darum ist es nicht weiter verwunderlich, dass es mehrere Wege zur Erfüllung unserer Lebensaufgabe gibt und die Menschen auf Umwegen viel lernen können. Trotzdem, denkt das Universum, gibt es manchmal Angelegenheiten, in denen es besser ist, die notwendige Entscheidung zum passenden Zeitpunkt zu treffen.

„Denn für manche besondere Momente müssen viele Dinge zusammenspielen. Wie bei einer komplexen Choreografie“, stellt es nachdenklich fest.

So wie gerade im Falle von Angelica, denn ihre Seele hat sich eine besonders große Aufgabe ausgesucht.

Auch bei anderen Menschen sieht das Universum nicht gerne dabei zu, wenn sie eine dieser außerordentlichen

Gelegenheiten verstreichen lassen. Was dabei eine verlorene Gelegenheit ist und was nicht, mag in den Augen des Universums und denen der Menschen unterschiedlich sein, aber weil das Universum eine Schwäche für seine Schöpfungen hat, reagiert es immer auf die bewussten und wenn möglich auch auf die unbewussten Wünsche, um sie auf ihrem Weg zu unterstützen.

„Leichtigkeit braucht es hier am Anfang von Angelicas Weg", bemerkt es und hebt die Hand mit der Innenseite nach oben. Ein kleines weißes Leuchten erscheint darin. Zart haucht das Universum in die Handfläche, und ein lichtvoller Funken tanzt durch die Luft direkt in Richtung von Angelicas Herz.

Zeitgleich überrascht Angelica sich selbst, indem sie langsam, aber entschlossen einen Schritt hinaus auf den Gang zwischen die Stuhlreihen macht. *Die einzige Möglichkeit, dieses Schauspiel zu beenden, ist wohl, auf diese Bühne zu gehen,* stellt sie in Gedanken nicht sonderlich begeistert fest. Auch der Anblick von Clara, die bei ihren Klassenkameraden steht, hilft nicht wirklich. Sie war ihre beste Freundin, mit der sie in den letzten Jahren viel Freud und Leid geteilt hat. Doch nun ist alles anders.

Als der Funken Leichtigkeit in ihrem Herzen angekommen ist, breitet sich plötzlich Euphorie in ihr aus, direkt neben ihrer Angst, nicht weiterzuwissen. Ein sonderbares Gefühl für Angelica. Ein bisschen wie Zitronenpfefferschokolade. Man weiß nicht, woran man mit dieser Geschmacksrichtung ist – scharf, sauer, süß? Genauso geht es Angelica gerade: Sie hat das Gefühl, auf Wolken zu schweben und von der Wertschätzung und dem Applaus des Publikums getragen zu werden. Andererseits glaubt sie in den Gesichtern der applaudierenden Menschen die erwartungsvolle Frage stehen zu sehen: *Und was wird aus dir?*

Darauf hallt die Antwort, lauter als das Klatschen der Menge, in ihrem Inneren wider: *Ich weiß es nicht ... ich weiß es nicht ... ich weiß es nicht.*

Der Weg zur Bühne erscheint ihr ewig. Dann erblickt sie Theo, der in der ersten Reihe sitzt. Einer der wenigen Menschen, die ihr wirklich am Herzen liegen, und einer, der nicht ständig Erwartungen an sie hat und nicht alles so ernst nimmt. Gerade verdreht er scheinbar gelangweilt von der ganzen Prozedur die Augen und gähnt.

Während sie den Gang weiter entlangschreitet, wird ihr zum ersten Mal bewusst, dass sie ihre Mitschüler und Lehrer nun nicht mehr jeden Tag sehen wird. Ein Lebensabschnitt geht für sie zu Ende. Erst jetzt versteht Angelica die volle Tragweite dieses Rituals. Es ist nicht nur der Übergang in eine neue Phase voller Entscheidungen, sondern es ist auch das Ende einer Ära.

Diese Erkenntnis ändert ihre Sichtweise. Angelica blickt nicht mehr angstvoll in die Zukunft, sondern denkt mit Freude an die vergangene Zeit: die Zeugnisse, das Spielen im Schulhof, die strengen Lehrer, das Eisessen im Park und das Tuscheln mit den Freundinnen hinter dem alten Nussbaum. Dort hatte sie auch diesen schlimmen Streit mit Clara. Tagelang schwiegen sie sich an und irgendwie wurde es zwischen ihnen nie mehr so wie früher. Angelica begreift, dass diese Schule lange Zeit ein zu Hause für sie war. Die Angst weicht von ihr. Ein Lächeln huscht über ihre Lippen. Es wird Zeit, alle diese Erlebnisse Geschichte werden zu lassen und nicht daran festzuhalten.

Sie geht entschlossen die Treppen zum Podium hinauf. Dort steht der Direktor mit dem Zeugnis und wendet sich ihr freundlich zu.

Angelica bleibt vor ihm stehen und streicht sich mit einer verlegenen Bewegung die Haare aus dem Gesicht, bevor sie ihm die Hand schüttelt. Er hat einen festen Händedruck, stark und vertrauenswürdig. Sie ist überzeugt, dass ihr sein gutmütiges Lächeln ewig in Erinnerung bleiben wird. Genauso wie die Halbglatze, auf der sich das Licht spiegelt. Noch nie hat sie verstanden, wieso sich der Direktor nicht die Haare komplett abrasiert, statt sich diesen komischen Haarkranz stehen zu lassen. Es erinnert sie an ein Vogelnest mit einem Spiegelei in der Mitte.

Aber eigentlich schätzt sie den Direktor sehr. Er hat immer ein offenes Ohr für die Schüler, auch wenn viel Blödsinn in den Klassenzimmern geschieht.

Noch nie war ihr so klar wie heute, dass dieser Mann es nicht einfach hat. Dennoch kümmert er sich still und leise um jene Aufgaben, die getan werden müssen, damit alles funktioniert. Nie hat sich Angelica dafür bei ihm bedankt. Jetzt gerade hat sie den unwiderstehlichen Drang, ihm mit einer Umarmung ihre Dankbarkeit zu zeigen.

Aber sie ist viel zu schüchtern dafür.

In diesem Moment kneift das Universum ein Auge zu, schaut mit dem anderen auf die goldenen Körnchen im unteren Glaskolben von Angelicas Stundenglas und nickt. Es hebt die Hand und schnipst mit den Fingern. Der Laut schwingt durch Zeit und Raum, bis er auf Angelica trifft und ihr Herz berührt.

Bevor Angelica weiß, was sie da eigentlich tut, breitet sie die Arme aus. In ihrem Kopf heult eine Alarmsirene los: *Haaaallllltt! Nein! Nicht! Niemals! Vergiss es!* Doch sosehr sie sich auch wehrt, gegen ihr Herz kann sie in diesem Moment offenbar nichts unternehmen. Angelica schlingt die Arme um den Oberkörper des Direktors und drückt ihn herzlich – ohne Rücksicht auf Verluste. Der Schulleiter weiß überhaupt nicht, wie ihm geschieht.

Noch immer hat er Angelicas Zeugnis in der linken Hand und streckt nun beide Arme zur Seite.

Das Klatschen verebbt.

Das … ist … ungewöhnlich, scheint sich die Menge zu denken. Es gibt ein ungeschriebenes Gesetz, und das lautet: Schüler und Direktoren haben Distanz zu wahren.

Das Universum schüttelt sich vor Lachen. Das kann es tatsächlich, ohne dass dabei Planeten ineinander krachen. Es liebt die kleinen Wunder, zu denen Menschen fähig sind, auch wenn es manchmal nachhelfen muss. Warum sind sie so irritiert, wenn sich Herzen öffnen? Woher dieser Widerstand und dieser Konflikt?

Diese Lebewesen glauben, dass das Universum das größte Mysterium ist, aber das Universum ist sich ziemlich sicher, dass es die Menschen sind, die wirklich mysteriös sind. Es beobachtet den Direktor und Angelica und fragt sich, wie die beiden wohl mit dieser ungewohnten Situation umgehen. Doch insgeheim zweifelt es nicht an einer guten Lösung. Denn wenn man unendlich viele Perspektiven zur Verfügung hat und in jedem Moment sowohl in die Zukunft wie auch die Vergangenheit blickt, sieht man immer eine Chance.

Der Direktor zuckt schließlich mit den Schultern, bricht in sein bäriges Lachen aus, und seine Arme umschließen Angelica in einer freundschaftlichen Umarmung.

Dann sagt Angelica verlegen: „Danke für alles, was Sie für uns getan haben, auch wenn wir es wahrscheinlich nicht immer wirklich zu schätzen wussten."

Der Direktor nickt freundlich und entgegnet: „Gern geschehen." Nach einigen Sekunden merkt Angelica, wie der Rektor ihre Hand ergreift, in die Höhe zieht und Angelica um ihre eigene Achse wirbelt.

Dann passiert etwas Wunderbares. Mitten in der Drehung atmet ihr Herz zum ersten Mal seit langer Zeit wieder einen Hauch Freiheit ein. Freiheit ganz ohne Erwartung. Ihr Herz taucht in dieses exquisite Gefühl ein und genießt ein paar befreite Atemzüge.

Das ist ... wundervoll, blitzt es in Angelicas Kopf auf, *aber* der Moment der Freiheit ist so schnell vorbei, wie er gekommen ist. Nun steht sie mit hochrotem Kopf vor dem Publikum. Der Direktor verbeugt sich zusammen mit ihr und lacht.

Angelica ist noch vollkommen verwirrt. Was ist hier gerade geschehen? Der Schulleiter reicht ihr das Abschlusszeugnis und lässt ihre erhobene Hand los. Sie stellt sich leicht benebelt zu ihren Klassenkameraden und Klassenkameradinnen, während der Direktor die noch fehlenden Schüler aufruft.

„Was war *das* gerade?", zischt Clara ihr verächtlich zu.

Angelica zuckt hilflos mit den Schultern, und Clara sieht sie skeptisch an.

Doch genau diese Frage hallt auch durch Angelicas Gedankengänge – nur zehnmal lauter:

WAS ... WAR ... DAS ...?

Und das Schlimme ist, Angelica hat nicht den Hauch einer Ahnung. Sie gehört einfach nicht zu den Menschen, die die Kontrolle verlieren und sich nicht erwartungsgemäß verhalten. Schon gar nicht an Tagen wie diesen.

„War doch gar nicht so schwer“, stellt das Universum zufrieden fest und schmunzelt über die Lösung, die Angelica und der Direktor für ihre ungewohnte Situation gefunden haben. Dann blickt es in die nahe Zukunft und erkennt, dass bald die nächste Herausforderung auf Angelicas Lebensweg kommt. Es fragt sich nachdenklich, ob sie dafür bereit ist.

„Das, meine Damen und Herren, war der endgültige Abschluss einer Ära. Hiermit werden die Abschlussklassen in die Freiheit entlassen. Möge es ihnen gelingen, die Welt zu einem besseren Ort zu machen.“

Die Menge applaudiert.

Der Schulleiter macht eine ausholende Handbewegung in die Richtung der Abschlussklassen. Die Menge erhebt sich, und tosender Applaus erfüllt die Halle. Die

Absolventen baden in der Aufmerksamkeit ihrer Familien. Nur Angelica blickt noch immer etwas verloren ins Leere, während ihre Eltern in der zweiten Reihe stehen und begeistert klatschen.

Ihre Mutter ist gerührt über den Erfolg ihrer Tochter und wischt sich eine kleine Träne aus dem Augenwinkel. Ihr Vater legt herzlich einen Arm um seine Frau und küsst sie auf die Stirn, bevor er mitklatscht. Sie freuen sich so sehr, dass Angelica es geschafft hat. Es war nicht immer leicht für die beiden mit Angelica, obwohl für Außenstehende alles in Ordnung schien.

Sie hatte ihre Krise. Vor einem Jahr, als ihre wirren Träume von einer schöneren Welt am stärksten waren, hat sie eines Tages einfach ihre Sachen gepackt und wollte für immer von zu Hause verschwinden. Sie eröffnete ihren Eltern, dass sie die Schule abbrechen und weggehen würde, um die Welt zu entdecken.

Nicht nur für ihre Eltern, sogar für Angelica selbst kam das überraschend. Weder wusste sie, wohin sie wollte, noch, was sie tun sollte, wenn sie die Schule verließ. Ihre Eltern überredeten sie Tag für Tag zum Bleiben. Etliche Wochen lang stand in ihrem Zimmer ein gepackter Rucksack, bereit für den Abmarsch. Es kostete sie geradezu übermenschliche Kraft, nicht zu gehen. Ihre Eltern waren in dieser Zeit äußerst besorgt. Angelicas

Kopf war seltsam leer und sie ließ die Schimpftiraden, das Bitten und das Flehen über sich ergehen, wie etwas, was sie nicht wirklich betraf. Sie wartete einfach, bis ihre Eltern keine Energie mehr hatten und sich verzogen. Dann richtete sie ihren Blick wieder zum Fenster und sah in das Grau der Welt. Oder um genauer zu sein, versuchte sie in eine Welt zu blicken, die hinter dem Grau lag und die sie nur erahnen konnte. Angelica hatte das Gefühl, dass ihre Träume sie riefen.

Bis heute weiß sie nicht, was damals los war. Nur dass dieser Zustand nach einigen Wochen wieder verschwand. Eines Morgens stand sie auf und der gepackte Rucksack hatte nicht mehr die gleiche Faszination, die er die Tage zuvor ausgeübt hatte. Sie packte ihn wieder aus und sah noch einmal lange aus dem Fenster. Dann drehte sie sich um und kümmerte sich um die Schulaufgaben, die sie in den letzten Wochen vernachlässigt hatte.

In diesem Moment taucht Angelica aus ihren Erinnerungen wieder auf: Sie nimmt eine Bewegung aus dem Augenwinkel wahr. Der Schulleiter hebt seine Hand zum Kapitänsgruß.

„Es war mir eine Freude, Sie alle zu begleiten und Ihnen beim Wachsen zuzusehen.“ Das Klatschen des Publikums wird rhythmisch.

Wie jedes Jahr kommt nun der traditionelle Lauf zum Schulausgang. Angelicas Herz hüpft vor Freude. Seit der ersten Zeremonie, die es mitverfolgt hat, wartet es auf seinen großen Auftritt. Endlich loslaufen, weg von diesen Begrenzungen. Füße, Waden, Schenkel – alle hören auf das Kommando ihres Herzens und tragen Angelica an die Spitze der Welle aus Klassenkameraden. Ehe Angelica sich versieht, läuft sie vorneweg durch eine enge Gasse aus klatschenden Händen. Als sie vor sich den Ausgang der Turnhalle erblickt, folgt auch der Geist dem Herzen und dem Körper. Ein Freudenschrei dringt aus ihrem Mund. Einer, für den sich Angelica normalerweise geschämt hätte. Doch heute ist nicht „normalerweise". Sie läuft und läuft, während ihre Mitschüler ihr allein durch ihre Anwesenheit das Gefühl geben, zu einer großen Gemeinschaft zu gehören.

Links und rechts feuern jüngere Schüler die Abschlussklassen an, während sie eine Gasse zum Ausgang bilden. Angelica läuft die Menschenmenge entlang, sie klatscht einige der Hände ab und manche ihrer Klassenkameraden reißen die Fäuste begeistert in die Höhe. Was für ein unglaublich schönes Gefühl, so gefeiert zu werden.

Noch eine Tür, und die Absolventen schießen auf den Hof in die Freiheit wie ein Korken aus der Champagnerflasche. Die strahlende Sonne blendet die jungen Erwachsenen und frische Luft strömt ihnen entgegen.

Als sie den Schulhof erreichen, fallen sich die jungen Menschen euphorisch in die Arme. In diesem Moment ist alles vergessen: wer zu wem gehört, welche Clique sich nicht mit den anderen versteht. Heute spielen die kleinen Unterschiede keine Rolle. Es gibt nur Strahlen, Lachen, Kichern, Freuen und Umarmen. Heute sind sie eine Gemeinschaft, verbunden durch Glück, Freude und neu gewonnene Freiheit.

Das ist einer jener Augenblicke, in denen das Universum staunt. Es nimmt so viel mehr wahr als nur diese kleinen Lebewesen. Es sieht eine Explosion an Farben, Formen und Gerüchen, die sie umgibt.

Ist es nicht beeindruckend, wie sonst so träge Geschöpfe von einem Moment zum nächsten voller Freude explodieren können?

Ein wenig aus der Puste, aber immer noch lachend schlendern die Schüler hinüber zum Sektempfang, wo sich einige fürsorgliche Lehrer und Verwandte der Familien rechtzeitig nach der Zeremonie eingefunden haben. Die Korken knallen und Angelica stößt mit ihrer langsam eintrudelnden Familie an.

„Auf deinen Erfolg, meine Kleine!"

Ihr Vater drückt sie an sich, und auch ihre Mutter küsst sie auf die Wange.

Normalerweise lässt sich Angelica nicht mehr so gerne von ihren Eltern in der Öffentlichkeit umarmen, aber an einem Tag wie diesem ist das schwer in Ordnung.

„Ich bin sehr stolz auf dich, aber langsam musst du auch an deine Zukunft denken!", fügt ihre Mutter hinzu.

Angelica rollt die Augen. Sie kann es nicht fassen, dass ihre Mutter sie jetzt schon wieder an die Zukunft erinnert. Doch sie ist in zu guter Stimmung, um sich auf eine Diskussion mit ihrer Mutter einzulassen. Seit Angelicas Krise waren ihre Eltern ständig angespannt. In dieser Zeit ist ihnen etwas vom Vertrauen in die Beständigkeit ihrer Tochter verloren gegangen, vor allem das Verhältnis zu ihrer Mutter ist seither nicht mehr so liebevoll und zuversichtlich, wie es davor war.

In den Augen ihres Vaters hingegen sieht sie die Begeisterung darüber, dass sie es bis zum Abschluss geschafft hat. Auch Angelica fühlt pure Erleichterung, dass sie mit der Schule fertig ist. Voller Freude dreht sie sich mit ihrem Sektglas in der Sonne. Das Leben ist in diesem Moment für sie voller Fülle. Sie blickt über den Schulhof, der jahrelang einer ihrer Lieblingsorte war und von dem sie sich heute verabschiedet. Sie empfindet Freude. Freude für das Glück, hier ihre Schulzeit verbracht zu haben. So scheint es auch ihren Klassenkameraden zu gehen, denn der Nachmittag ist geprägt vom fröhlichen Gelächter und beschwipsten Geplauder der Eltern und Schüler.

Nach einer ganzen Weile voller guter Gespräche ist es dann auch an der Zeit, sich zu verabschieden. Angelica macht sich mit ihren Eltern zufrieden grinsend auf den Weg nach Hause, zur Vorbereitung auf den zweiten Teil der Feierlichkeiten.

2.

Zu Hause angekommen begeben sich ihre Eltern in die Küche. Dort auf dem Tisch befinden sich eine ganze Reihe von Broschüren: Informationsmaterial von Universitäten im In- und Ausland.

„Darauf habe ich nun wirklich keine Lust!“, stellt Angelica leise fest und bevor ihre Eltern etwas sagen können, rauscht sie an ihnen vorbei in ihr Zimmer. Dort angekommen, durchflutet sie bereits Vorfreude auf die Party am Abend. Nach dem offiziellen Teil kommt nun endlich der Teil, in dem sie und ihre Mitschüler die letzten Jahre und vor allem den Abschluss ausgelassen feiern können.

Weil der Abschlussball mit den Eltern bereits vor der Zeugnisübergabe stattgefunden hat, gehört diese Nacht den Schülern – ganz ohne Lehrer und Eltern. Die Lokalbesitzerin und auch Mutter einer Mitschülerin hat den Abend möglich gemacht und bei der Planung augenzwinkernd gesagt: „Manchmal muss man ohne Beobachtung feiern können!“ Eine Idee, die von den Schülern jubelnd aufgenommen wurde.

Angelica öffnet die Tür des Kleiderschranks und studiert nachdenklich den Inhalt. Jetzt stellt sie sich vor allem eine Frage:

Was ist das beste Outfit für heute Abend?

Sie legt den Kopf leicht schief wie eine Elster, die ihre glitzernden Schätze begutachtet. Ein Stück nach dem anderen holt sie heraus, hält es vor ihren Körper und begutachtet es kritisch aus sämtlichen Blickwinkeln.

„Ja, du wirst mich heute begleiten“, murmelt sie schließlich zufrieden. Die Wahl ist auf ein türkis schimmerndes Kleid mit passender Handtasche gefallen. Sie schlüpft hinein und erspäht im Chaos ihres Kleiderschranks eine weiße Rose auf einer Haarnadel, mit der sie ihre braunen Locken etwas bändigt. Nun gilt es nur noch, den glitzernden Lipgloss, Mascara und Eyeliner aufzufrischen, und sie ist so weit. Angelica ist zufrieden mit ihrem Outfit. Sie dreht sich barfuß vor dem Spiegel und genießt, wie das Kleid rund um sie fließt. Dabei schleicht sich ein kleiner Gedanke in ihren Kopf und hebt anklagend den Finger: *Ist das nicht übertrieben?* Sie wischt ihn gut gelaunt zur Seite. Heute Abend kann man nicht genug übertreiben. Sie freut sich darauf, mit allen zu feiern, und schon läuft sie die Treppe hinunter, verabschiedet sich von ihren Eltern mit

Küsschen auf die Wangen, ohne die Broschüren über Ausbildungsmöglichkeiten auch nur eines Blickes zu würdigen. Dann schlüpft sie flink in ihre schönsten Tanzschuhe und macht sich auf den Weg zum Bus. Als sie einsteigt, fragt sie sich, ob sie es an diesem Abend wohl schafft, eine gute Zeit mit Clara zu verbringen. Immerhin waren sie so viele Jahre unzertrennlich und hatten eine Menge Spaß zusammen. Auch wenn sie viele Klassenkameradinnen hatte, mit denen sie sich ganz gut verstand, war Clara immerhin ihre beste Freundin – zumindest sieht sie das so. „Das wird schon wieder mit uns", murmelt sie leise, aber zuversichtlich und beobachtet die vorbeiziehenden Weinberge, die sich entlang der Straße bis zum höchsten Punkt des Kahlenbergs hinauf schlängeln.

Oben angekommen geht sie das letzte Stück zu Fuß. Schon von Weitem sieht sie das schummrige Licht des Lokals, und beim Näherkommen dringt Tanzmusik an ihr Ohr. Fackeln erhellen die Veranstaltung und strahlen den Besuchern ihr sanftes Leuchten entgegen.

Angelica ist verzaubert. Voller Freude geht sie auf das Lokal zu und genießt ihr Ankommen im warmen Licht der Fackeln und der fröhlichen Musik. Sie sieht sich um und entdeckt bereits die ersten Schulkameraden, die sich angeregt unterhalten. Leider ist jedoch Clara nirgends zu sehen. *Schade!*, hallt es durch ihren Kopf und sie beißt sich auf die Lippe. Doch eine andere Sache lenkt ihre

Aufmerksamkeit bereits wieder von den Gedanken an Clara weg: *Alle haben sich herausgeputzt und sehen dadurch seltsamerweise heute viel erwachsener aus.*

Es wird Bowle und Sekt in Champagnerflöten ausgeschenkt und die Musik ist so gut, dass Angelica prompt anfängt mitzuwippen. In einer Ecke lacht eine Gruppe Absolventen laut auf. Es herrscht bereits gute Stimmung und Angelica genießt die positiven Schwingungen, als sie einige der jungen Frauen aus der Style-Fraktion entdeckt. Mit ihnen hat sie nur selten Kontakt, aber gut, da sie Clara nirgends finden kann, wagt sie sich an die Gruppe Mädchen heran.

„Hey, Angelica, du siehst großartig aus!"

„Danke ..." Angelica wird leicht rot und um von sich abzulenken, entgegnet sie schnell: „Anja, dein Kleid ist aber auch der Hammer."

Sie kichern, gratulieren sich gegenseitig zum Abschluss und stoßen auf die neu gewonnene Freiheit an. Doch es dauert nicht lang, dann geht das Gespräch in die nervige Richtung „Berufswahl". Angelica versucht, ihr Lächeln nicht sofort einschlafen zu lassen. Zurzeit gibt es für sie kein anstrengenderes Thema als die Entscheidung für einen zukünftigen Beruf. Nachdem sie es geschafft hat, zu Hause ihren Eltern und den Broschüren aus dem Weg zu gehen, hat sie gehofft, dem Thema endlich mal für eine kurze Zeit entkommen zu sein.

Jedes der gestylten Mädchen hat seine eigenen Vorstellungen, wie es weitergehen soll. Angelica zuckt nur mit den Schultern, während die anderen jungen Frauen das Thema mit Begeisterung verfolgen. *Als wäre das Gerede selbst nicht schon anstrengend genug, hält diese Zukunftsshow auch alle davon ab, einfach nur die wunderschöne Atmosphäre zu genießen,* denkt sich Angelica, während sie sich eine Zeit lang bemüht, höflich zuzuhören.

Dann hält sie es nicht länger aus und bevor sie an der Reihe ist, sucht sie schnell unauffällig das Weite.

Clara ist noch immer nirgends zu sehen und Angelica ist die Lust auf die Feier vergangen. Sie hat den Verdacht, dass sie überall in die gleiche Diskussion verwickelt wird. *Nichts wie raus!*

Angelica weiß ganz genau, wo sie hinwill. Sie geht Schritt für Schritt durch die Dunkelheit, bis sie an ihrem Ziel ankommt. Nicht weit vom schicken Restaurant mit Tanzfläche gibt es den Lebensbaumkreis. Es ist so etwas wie ein Horoskop, in dem man herumlaufen kann: Allen Monaten des Jahres ist ein Baum zugeordnet. Auch wenn Angelica eigentlich nicht an Horoskope glaubt, kommt sie gerne hierher, wenn ihr der Trubel des Lebens zu viel wird. Darum kennt sie ihren Lebensbaum – es ist die Pappel.

Sie geht in der halbdunklen Nacht auf die Zementsäule vor ihrem Baum zu. Darauf sind die Worte für Pappel-

Geborene auf einem Metallschild eingraviert. Sie streicht mit den Fingern über die Buchstaben. Wenn sie die Augen schließt und mit den Fingern darüber streicht, hat sie den Eindruck, die Worte lesen zu können. Und wie bei einem kleinen Feuerwerk tauchen in ihrem Kopf die Wörter auf:

Sensibilität.

Die Gefühle ihrer Mitmenschen erspüren.

Die großen Fragen der Welt stellen.

Stets auf der Suche nach Selbsterkenntnis.

Und all das mit einer ordentlichen Portion Kraft.

Angelica dreht sich um, hockt sich nieder und lehnt sich an die Säule. Der kühle Stein im Rücken fühlt sich gut an. Noch besser wäre es, sich hinzusetzen, doch sie möchte ihr Kleid nicht schmutzig machen.

Ein kleiner Gedanke verschafft sich lautstark Luft in ihrem Kopf: *Und jetzt?*

Wenn Angelica ehrlich mit sich selbst ist, hat sie gehofft, hier etwas zu finden. Einen Hinweis vom Lebensbaum an sie, wie sie in ihrem Leben weitermachen soll. Eine vielleicht etwas verrückte Überlegung, wie sie sich eingesteht. Aber schließlich gibt es doch auch Leute, die zu Wahrsagern gehen, warum also nicht den eigenen Lebensbaum fragen? Ganz kurz spielt Angelica mit dem Gedanken, die Idee mit dem Hellseher auszuprobieren. Es gibt schließlich genügend

Angebote im Internet. Auch wenn Angelica an sich gerne Dinge selbst entscheidet, hat sie hier das Gefühl, sich im Treibsand zu befinden und keine Lösung zu finden. *Vielleicht kann mir so eine geheimnisvolle Frau, die angeblich die Zukunft kennt, ein Studium empfehlen?*, fragt sie sich und murmelt in die Stille: „Dann wäre dieses Thema endlich für immer vom Tisch."

Doch da gibt es ein Problem: Sie glaubt auch nicht an Wahrsager. Angelica wendet den Blick Hilfe suchend in den Himmel, wo vereinzelt Sterne blitzen. „Wenn ich nur wüsste, was ich werden möchte", stößt sie frustriert aus, als sie ins Dunkle der Nacht sieht.

Und da war er wieder, der Wunsch nach Selbsterkenntnis.

Das Universum muss lachen. Allein das Konzept eines Wahrsagers, der die einzig wahre Zukunft kennt, ist spannend bei der Vielzahl an Entscheidungsmöglichkeiten, die ihr zur Verfügung stehen. Dann erinnert es sich an die Stundengläser und blickt auf eine Ebene, die den meisten Wesen verborgen ist. Es nickt langsam. Jedes seiner Geschöpfe hat seinen eigenen Weg und eigene Bedürfnisse.

„Manchmal ... muss man zurück zum eigenen Ursprung, um zu verstehen, wer man ist und wohin der Weg führen soll", sagt das Universum freundlich. Es macht eine kreisförmige Handbewegung mit dem Finger und ein heller Funke entsteht im leeren Raum. „Na los“, haucht es und schon flitzt der Funke davon und macht sich auf den Weg zu Angelica und dem Lebensbaum.

In diesem Moment beschließt Angelica, zurück auf die Party zu gehen. Sie stützt ihre Hände auf die Erde, um aufzustehen. Doch plötzlich hält sie inne, als sie eine der vielen Wurzeln des Lebensbaums wahrnimmt.

Sie blickt auf das Blätterdach über ihr und auf einmal wird ihr klar: Diese großartige, erhabene Baumkrone konnte sich erst ausbilden, nachdem sich die Wurzeln des Baumes tief in die Erde gegraben haben, um sich dort die notwendigen Nährstoffe und den Halt zu holen. Ein kleiner Gedanke versucht ihre Aufmerksamkeit auf sich zu ziehen und sie will ihn hastig zur Seite wischen. So unklar er noch ist, er sieht nach einer unangenehmen Erkenntnis aus. Doch der Gedanke kümmert sich nicht um Angelicas Ablehnung. Er wächst rasend schnell heran und brennt wie ein Leuchtfeuer mitten in ihrem Kopf:

Als Erstes werde ich in die Tiefe gehen und an meinem Herkunftsort nach meinen Wurzeln suchen. Wenn ich sie gefunden habe, weiß ich, wer ich bin, und dann werde ich es bestimmt schaffen, nach oben zu wachsen und mich zu entfalten, um meinen Weg zu gehen!

Einerseits ist Angelica wie erstarrt, doch andererseits scheint dieser Gedanke sie plötzlich mit viel freudiger

Energie zu versorgen, sodass sie das dringende Bedürfnis hat zu tanzen.

Das Universum beobachtet aufmerksam, was der Funke bei Angelica ausgelöst hat, und muss lachen. „So war das eigentlich nicht gedacht.“ Doch in diesem Moment bemerkt das Universum ein zartes Glühen rund um das Stundenglas. Auch wenn die beiden wohl noch an ihrer Kommunikation arbeiten müssen, scheint sich die Entwicklung in die richtige Richtung zu bewegen, und das Universum nickt zufrieden.

Angelica dreht sich noch einmal zu ihrem Baum und sieht vorsichtig nach links und rechts. Es ist niemand in der Nähe zu sehen. Das Herz ergreift die Gelegenheit und lässt Angelica die Pappel mit beiden Händen umarmen. Ein leises „Danke“ kommt ihr überraschend über die Lippen. Sie löst sich wieder von dem Baum und geht zur Party zurück. Fast hat sie den Eindruck, als würde der Baum ihr mit den Ästen leicht zuwinken und seltsam glühen. Sie schüttelt verärgert über sich selbst den Kopf. *Was ist nur heute mit mir los?*

3.

Als Angelica beim Näherkommen erneut laute Musik hört, macht ihr Herz einen Freudensprung und sie bekommt noch mehr Lust zu tanzen. Kaum angekommen, wirft sich Angelica schnurstracks mitten in das Gewusel aus Armen und Beinen, die sich mehr oder weniger gekonnt zum Takt der Musik bewegen. Sie findet schnell ihren Rhythmus. Endlich, seit langer Zeit, ist wieder Ruhe in ihrem Kopf. Sie nimmt nur sich selbst und die Musik, die in ihrem Körper pulsiert, wahr. Angelica geht vollkommen in der Musik auf, bis sie nur noch den Bass in jeder Körperzelle spürt und die Töne ihre Seele zum Schwingen bringen.

Ihr Herz legt sich in die Musik wie in ein wohltuendes Schaumbad bei Kerzenlicht. Es genießt die Freiheit der Bewegung. Es gibt sich dem Takt hin, und plötzlich passiert etwas, das viel zu selten stattfindet: Es kann sich öffnen und weit werden. Herzen sind dafür da, die Welt zu umarmen, aber viel zu oft versucht Angelica es zu verschließen, um sich zu schützen. Doch in diesem Moment des Tanzes fühlt ihr Herz wieder einmal die unglaubliche Weite und Offenheit, zu denen es fähig ist.

Einige Lieder später stolpert Angelica erschöpft, aber zufrieden lächelnd und mit rosigen Wangen von der Tanzfläche. Sie organisiert sich Prosecco und Wasser und genießt die wunderbare Erfrischung.

In die Tiefe gehen und die eigenen Wurzeln suchen, meldet sich gleich darauf wieder das Gedankenleuchtfeuer in ihrem Kopf. Sie versucht es zu ignorieren und geht in Richtung einiger ihrer Klassenkameraden, die gerade laut lachen.

Doch mitten auf dem Weg dahin entdeckt sie plötzlich Clara in der Menge. *Endlich* stellt Angelica erleichtert fest und steuert direkt auf sie zu.

„Hey, schön, dich zu sehen", sagt sie ein wenig atemlos und voller Freude.

„Hey, Angelica ... nettes Outfit", entgegnet Clara verächtlich. Die Kälte in ihrer Stimme enttäuscht Angelicas Hoffnungen. Clara wendet sich abrupt ab und scheint so zu tun, als suchte sie jemanden.

Langsam machen sich Ärger und Verzweiflung in Angelica breit. „Sag mal ... du weißt schon, das war unser letztes gemeinsames Jahr." Doch Clara ignoriert sie, also fährt sie fort: „Das zwischen mir und Theo, da war doch nie wirklich was ... Können wir nicht ...?“

Ihre Freundin dreht sich wie von der Tarantel gestochen um, als sie den Namen Theo hört, und sieht Angelica wutentbrannt in die Augen.

„Du meinst, *du* und *dein* Theo, das war nie was Ernstes? Das kann ich mir vorstellen! Vielleicht wäre es mit mir und Theo was geworden, wenn du nicht gewesen wärst!“, faucht sie, dreht sich ohne ein weiteres Wort um und verschwindet.

Angelica starrt ihr mit offenem Mund nach. Irgendwie war diese Reaktion keine große Überraschung für sie, denn das ging nun schon so lange so, dass sie es fast aufgegeben hatte. Dennoch wollte sie, dass die Dinge zwischen ihr und Clara wieder so werden wie früher, und wenn nicht wie früher, dann zumindest ... besser. Clara war einmal in Theo verliebt, doch er entschied sich für Angelica. Eine Wahl, die nur einen Kuss lang dauerte. Dennoch, Clara sah das ... anders. Ganz im Gegensatz zu Angelica. Sie war der Meinung, dass mittlerweile genug Gras über die Sache gewachsen ist. Davon abgesehen ... Gerade jetzt, wenn dieser Aufbruch ins Ungewisse passiert, der Angelica ohnehin schwer genug fällt, hätte sie Clara gern als Freundin an ihrer Seite gewusst.

Doch es soll wohl nicht sein, denkt sich Angelica enttäuscht und blickt sich im Raum um, auf der Suche nach Ablenkung. Irgendwie ist die Feierlaune verschwunden, und Tränen steigen ihr in die Augen.

Ich brauche Luft, ich muss hier raus.

Ein paar Sekunden später steht sie neben einer Fackel vor dem Restaurant und trocknet ihre Augenwinkel.

Nicht weit entfernt erspäht sie ein kleines Grüppchen von Jungs, die in dichten Zigarrenrauch eingehüllt sind und laut lachen. Die Worte „Elektroingenieur" und „Biotechnologie" dringen bis zu ihr und jetzt reicht es ihr endgültig. *Dieses leidige Thema der Berufswahl geht mir auf den Wecker.* Sie schnappt sich eine der Fackeln und macht sich auf und davon.

4.

Mit der Fackel in der Hand bahnt sie sich Schritt für Schritt den Weg durch die dunkle Nacht. Weg von all den Feierlichkeiten führt ihr Körper sie zielsicher zu einem Weg, den sie schon oft gegangen ist. Langsam, aber sicher verraucht ihre Wut und Trauer. Sogar ein Lächeln schafft es auf ihre Lippen, als sie bald darauf einen ihrer Lieblingsplätze erreicht: einen wunderschönen alten Brunnen mit einem Kranz aus Metallstäben, die auf einem Steinsockel in die Höhe ragen. In dem Gittergeflecht zwischen den Stäben hängen viele kleine Schlösser. Angelica kennt fast alle.

Charly und Sabine, 1989. Siegfried und Elsbeth, 1950. Sebastian und Heinrich, 2008. Ein großes Schloss mit einem eingravierten Herz ohne Namen.

Mindestens fünfzig weitere Schlösser in allen Farben des Regenbogens hängen an diesem Brunnen, lauter Zeichen von Liebe. Die einen Schlösser symbolisieren die Liebe von Paaren, andere wiederum zeigen der Welt, wie sehr sich Menschen über die Geburt eines Kindes freuen. Angelica streicht mit den Fingern an den Schlössern entlang. Fast hat sie den Eindruck, das Glück und die Liebe jedes einzelnen glücklichen Augenblicks spüren zu können. Sie schließt die Augen und geht einmal um den Brunnen herum. Nur die Berührung der Schlösser führt sie am Brunnen entlang und sie genießt das Gefühl. Dann öffnet sie die Augen, macht noch eine Runde und hält Ausschau nach neuen Schlössern. Sie ist gut in ihrem ganz persönlichen Spiel und findet Neuzugänge sofort.

Angelica mag die einfache Geste, die in einem solchen Schloss steckt, und vor allem mag sie es, dass niemand Auskunft über die Hintergründe jedes einzelnen Schlosses geben kann.

Sie geht vom Brunnen zu einer hüfthohen steinernen Mauer. Angelica findet, man hat hier den besten Blick über Wien. Tagsüber sind nicht nur die grünen Weinberge, sondern auch der Stephansdom in der Ferne zu erahnen. Doch jetzt sieht man nur ein Kaleidoskop aus unzähligen kleinen und großen Gebäuden, die beleuchtet sind. Dazwischen schlängelt sich die Donau dahin.

Angelica nickt zufrieden. Ihr Wien, wie schön. Sie steckt die Fackel neben sich in den Boden, schwingt die Beine über die Mauer und setzt sich hin. Ob ihr Kleid dabei schmutzig wird, ist ihr mittlerweile egal. Sie hat sich entschlossen, nicht mehr zurück auf die Party zu gehen. Zu sehr genießt sie es, hier zu sein und ihre Ruhe zu haben. Es ist einer dieser Orte, die sie aufsucht, wenn sie meint, dass sie eine neue Perspektive braucht.

Der Gedanke, dass sie wieder zurück an ihren Geburtsort gehen sollte, lässt sie nicht los und sie erinnert sich an die Geschichte, wie ihre Eltern zusammengekommen sind. Eine seltsame Angelegenheit: Ihre Mutter ist aus Österreich aufgebrochen, um eine große Reise zu machen. Allein ist sie dabei nicht weit gekommen, denn in Sizilien hat sie Angelicas Vater kennengelernt. Angelica ist ein Kind aus zwei Ländern. Doch seitdem sie denken kann, ist Wien ihre Heimat gewesen, die sie über alles liebt und in der sie eigentlich immer bleiben wollte. Durch ihre Krise hat sich das allerdings ein Stück weit verändert. Ihre Träume scheinen sie ... zu rufen und von Wien wegzulocken. Seit der Zeugnisübergabe wird dieses Gefühl wieder stärker und diesmal hat Angelica auch ein Ziel, ihren Geburtsort Sizilien. Sie ist hin- und hergerissen. Soll sie dem Locken und Sehnen nachgeben oder lieber in Wien studieren, so wie ihre Klassenkameradinnen? Das ist das Problem, sie kann nun nach der Schule endlich tun und lassen, was sie möchte. Aber was soll sie mit dieser Freiheit anstellen?

Es wirkt, als wären ihre Mitschüler ihr da voraus. Sie haben offensichtlich schon eine Vorstellung davon, wo die Reise hingehen soll. Für sie ist das Abschlusszeugnis eher die letzte Tankfüllung vor dem Raketenstart. Sie zählen aufgeregt den Countdown runter und warten darauf, dass das Erwachsenenleben endlich beginnt.

Doch Angelica sieht das ein bisschen anders. Sie ist der Meinung, dass sie Zeit braucht, damit sie die beste Entscheidung treffen kann. Zumindest redet sie sich das ein. Was soll man auch tun, wenn die einzige Orientierung im Leben wirre Träume von einer besseren Welt sind? Angelica hat gerade Angst vor dem nächsten Schritt und würde sich am liebsten gar nicht entscheiden. Zwölf Jahre hat sie nun in der Schule verbracht, wo es feste Strukturen und genau definierte Aufgaben gab, die zu erledigen waren. Das war manchmal anstrengend, aber es hatte durchaus auch gute Seiten. Denn die Struktur hat ihr den Halt gegeben, den sie nun zu verlieren droht. Bei diesem Gedanken wird ihr etwas schwindlig.

Sie stützt die Hände neben ihren Oberschenkeln auf, um sich zu stabilisieren. Dann schaut sie langsam von links nach rechts über Wien. Sie spürt die angenehme Stärke des festen Steins unter sich. Altes Gestein, das schon Ewigkeiten hier steht. Angelica streicht mit den Fingern sanft über die Mauer und ertastet die leichten Unebenheiten, die jeder Stein hat.

Ein komisches Gefühl beschleicht Angelica und sie fragt sich gerade, ob sie nicht langsam selbst zu einem dieser erstarrten Steine geworden ist, die seit Ewigkeiten hier stehen. Natürlich ist sie noch keine Jahrhunderte in

Wien, aber immerhin schon fast zwei Jahrzehnte. Komisch. Aus dieser Perspektive hat Angelica die Sache noch gar nicht betrachtet. Sie ist seit fast zwanzig Jahren auf dieser Erde und hat nicht viel mehr gesehen als Wien. Sie mag Österreich, doch langsam hat sie das Gefühl, zu selten woanders gewesen zu sein. Angelicas senkt den Blick und mit ihren Fingern streicht sie wieder zwischen den Fugen entlang. Wie ein Zug, der auf festgelegten Gleisen fährt. Ist sie nicht viel zu jung für festgefahrene Bahnen?

Mitten in diesen Überlegungen unterbrechen Schritte die Stille. Verärgert horcht Angelica auf. Sie möchte endlich ihre Ruhe haben nach den aufregenden Abschlussprüfungen der letzten Wochen und dem Gedankenchaos in ihrem Kopf. Wahrscheinlich kommt jetzt wieder jemand, um sie nach ihren Plänen zu fragen. Langsam ist ihr das alles wirklich zu viel. Als die Schritte lauter werden, glaubt sie, etwas daran wiederzuerkennen. Ihr Herz ist schneller als ihr Bewusstsein und sendet Freude durch ihren Körper, die den Ärger verdrängt.

Und tatsächlich, als sie sich umdreht, schält das Licht der Fackel eine schmale Figur aus dem Dunkeln, die lächelnd auf sie zukommt. Lange schwarze Haare, die von einem Haargummi locker zusammengehalten werden. Ein Dreitagebart, eine braune Lederjacke, in deren Taschen lässig die Hände stecken, eine zerrissene

Jeans und Sneakers. Es gibt nur einen Menschen, der sich in so einem Outfit unter lauter herausgeputzte Absolventen verirren kann: Theo.

„Hey“, begrüßt er sie.

Sie ist noch zu überrascht, um etwas darauf zu antworten.

„Darf ich?“ Er deutet neben Angelica auf die Mauer. Sie nickt, er schwingt seine Füße über die Mauer und macht es sich neben ihr bequem.

„Ich dachte, solche Veranstaltungen sind nichts für dich?“, fragt Angelica verwundert, ihn hier zu sehen.

„Na ja, es ist ja doch unsere Abschlussparty ... Außerdem dachte ich, dass ich dich dort finde, aber anscheinend war ich zu spät und du schon wieder weg.“

„Wie geht's dir?“

„Zwei Nachprüfungen im Herbst und mitleidige Blicke von den anderen, die den Abschluss schon geschafft haben. Meine Eltern spielen die Empörten. Nichts Neues. Ich glaube nicht daran, dass gute Noten der Sinn des Lebens sind. Ganz im Gegensatz zu dir“, neckt er sie.

„Meinst du nicht, es wäre einfacher, das Spiel mitzuspielen? Du bist nicht dumm, auch wenn du das die anderen gerne glauben lassen möchtest.“

Theo seufzt theatralisch und sieht in den Himmel. „Nicht du auch noch. Ich dachte, du wärst die Einzige, die mich von solchen Diskussionen verschont. Genieß lieber mit mir die Sterne.“

Angelica legt den Kopf in den Nacken. Sie kennt Theo nun seit einigen Jahren. Er war schon immer anders als alle anderen, war nicht an den neusten Trends interessiert und gab nicht viel auf die Meinung seiner Mitmenschen. Außerdem kommt und geht er, wie er es gerade in seinen Augen für richtig befindet. Aber vor allem war er jemand, der mit minimalem Einsatz das Notwendigste erledigte, um sich dann wieder den schönen Dingen des Lebens zu widmen. Dabei ist er ziemlich intelligent und hätte die sogenannten Musterschüler der Klasse locker in die Tasche stecken können. Doch er hat noch nie einen Sinn darin gesehen, seine Intelligenz dafür einzusetzen, Punkte in einem, wie er findet, sinnbefreiten System namens Schule zu ergattern. Also hat er es bleiben lassen und ist bisher gerade so durchgekommen. Theo ist der Meinung, dass das wahre Leben außerhalb der Schule stattfindet. Als sie schweigend die Sterne beobachten, kommt Freude in ihr und ihrem Herzen auf. *Endlich jemand, der mit mir die Ruhe genießt.* Sie rutscht näher an Theo heran und drückt seine Hand zärtlich.

„Wofür war denn das?“, fragt er überrascht.

„Einfach nur, weil du du bist. Und weil du heute der Einzige bist, der mir nicht auf den Senkel geht. Der Einzige, der nicht mit mir über die perfekte Lösung für die Zukunft diskutieren will.“

Theo grinst schelmisch und hebt wichtigtuerisch den Zeigefinger.

„Ach, hab ich dir das noch gar nicht erzählt? Ich wollte dir gerade voller Begeisterung erläutern, wie ich ein Kombinationsstudium aus Betriebswirtschaftslehre, Philosophie und Biochemie unter einen Hut bringe. Damit hätte ich die Möglichkeit, nicht nur drei Studien zu schaffen, sondern werde auch bestimmt niemals arbeitslos. Das wär's doch, oder? Also echt, Angelica, ich bin schon etwas enttäuscht, dass du dich mit dieser wichtigen Frage nicht mehr beschäftigst. *Ich* habe schon längst die richtige Antwort gefunden."

Theo sieht sie wie ein Oberstreber von oben herab an und Angelica schlägt ihm gespielt genervt auf die Schulter.

„Hör bloß auf!"

Als sie seinen hochnäsigen Blick sieht, der so gar nicht zu seiner lockeren Art passt, fängt sie an zu lachen. Das ist ansteckend. Und so lachen sie beide, bis ihnen die Tränen kommen. Zwei Menschen, die gemeinsam den Moment genießen und die Zukunft Zukunft sein lassen.

Angelicas Herz genießt dieses Lachen und umarmt Theos Herz. Zwei Herzen, die sich mögen und verstehen. Nach dem Kuss vor einem Jahr war die Freundschaft etwas abgekühlt. Eine schwierige Zeit für Angelicas

Herz. Sowohl Clara als auch Theo hatten Abstand gesucht. Doch im Laufe der Zeit haben sich vor allem Theo und Angelica wieder angenähert und träumten gemeinsam von Freiheit.

Angelica wischt sich die Freudentränen aus den Augen.

„Ganz ehrlich, Theo. Es ist wunderschön, dich zu treffen. Mir kommt es vor, als wären die anderen heute alle irgendwie übergeschnappt."

„Ja, es ist seltsam", antwortet er.

„Vielleicht bin aber auch ich diejenige, die einen Vogel hat – wer weiß?", fährt Angelica fort.

Theo denkt nach. „Keine Ahnung ..."

„Hey, was soll das denn heißen?"

Sie ist künstlich empört und Theo lacht und fährt fort: „Ich sehe vor mir ein Bild von Raketenbastlern in der Wüste. Keiner weiß, wohin es geht, aber alle bauen noch extra Triebwerke dran, um möglichst schnell dorthin zu kommen. Finde ich es seltsam? Absolut. Aber seit wann bin ich denn das große Vorbild, um es besser zu wissen?"

Theo lacht sein tiefes Lachen und Angelica erwidert: „Ja ... aber das, was die anderen machen, fühlt sich für mich gerade echt seltsam an."

Sie schweigen wieder. Er schaut eine Zeit lang in die Ferne, anschließend blickt er sie an. „Du warst wieder beim Lebensbaum, um vor den anderen zu flüchten, oder?" Er hebt eine Augenbraue und Angelica seufzt.

„Irgendwie ... schon." Sie sieht gedankenverloren ins Leere, dann lächelt sie. „Aber immerhin tauche ich nicht auf einer Abschlussparty mit einer Lederjacke auf, die den Gästen ‚Ihr könnt mich mal' ins Gesicht schreit." Sie zupft an seiner alten Jacke und den zerrissenen Jeans.

„Was hast du gegen mein Outfit? Die anderen sind diejenigen, die sich verkleiden, nicht ich. Ich trage dasselbe wie jeden Tag", kontert Theo grinsend.

Sie muss ihm recht geben. Theo verkleidet sich nicht. Er kleidet sich pragmatisch. Die Lederjacke ist abgewetzt vom vielen Tragen und die Jeans hat ihre Löcher tatsächlich durch den täglichen Gebrauch abbekommen, nicht weil die Löcher hineindesignt wurden.

Abgesehen von ihm schienen alle anderen heute irgendwie verändert. Angelica fragt sich, ob es tatsächlich eine Veränderung ist oder ob hier Jugendliche einfach nur das Erwachsensein spielen. Sie sind doch alle in einer Übergangsphase und vielleicht bemühen sie sich, so authentisch wie möglich zu spielen, damit sie sich selbst glauben können. Nur sie hat plötzlich keine Lust mehr auf dieses Spiel. Die Erkenntnis, dass sie etwas anderes braucht, reift immer stärker in ihr heran und damit wird ein Gedanke in ihrem Kopf wieder lauter: Sizilien. Sie zögert, aber dann wendet sie sich Theo zu.

„Lach mich jetzt ja nicht aus." Sie schaut ihn misstrauisch an. Theo hebt Zeige- und Mittelfinger zum

Indianerehrenwort und versucht, möglichst ernst auszusehen. Sie muss grinsen. Ernst sein passt nicht zu Theo.

„Ich ... ich habe mir überlegt, ich packe meinen Rucksack und mache mich auf den Weg nach Sizilien. Da kommt ein Teil meiner Familie her. Und irgendwie hab ich den Eindruck, ich muss ganz am Anfang starten, um herauszufinden, was ich will: Wer ich bin und wohin mein Weg führt."

Theo hört ihr aufmerksam zu und sie beobachtet ihn genau. Dennoch findet sie kein Anzeichen von Hohn oder Spott in seinem Blick. Für Theo ist fast jede Idee erst mal interessant.

Eigentlich schade, dass aus den beiden nicht mehr geworden ist. Sie hätten gut zusammengepasst, findet Angelica. *Auf der anderen Seite* ... Angelica schmunzelt in sich hinein. *... wären zwei Denker zusammen wohl auch zu viel gewesen.* Sie wären viel zu sehr damit beschäftigt, abwechselnd zu schweigen und tiefgründige Gedanken zu wälzen.

Theo nickt langsam vor sich hin.

„Warum nicht? Ich frage mich, wie der Sternenhimmel in Sizilien aussieht."

Das ist typisch Theo. Wenn man sich alle Antwortmöglichkeiten überlegt, die man erhalten könnte, findet Theo eine, an die man sicherlich nicht gedacht hat.

Angelica beobachtet die wenigen zwischen den Wolken sichtbaren Sterne. Dann kommt ihr ein Gedanke: Wie wäre es wohl, Hunderte oder gar Tausende davon am sizilianischen Nachthimmel zu sehen, während Meereswellen ans Ufer branden? Sie überlegt, wann sie zum letzten Mal einen wirklich schönen Sternenhimmel gesehen hat, doch sie kann sich nicht erinnern.

„Ich glaube, du hast recht", hört sie sich zu ihrer eigenen Verblüffung flüstern.

Theo nickt ihr noch einmal zu. Dann setzt er sich auf. „Es wird Zeit für mich zu gehen ..."

„Wohin willst du?", fragt sie überrascht.

„Ich weiß es nicht."

Er lächelt.

Damit beugt er sich zu ihr hinüber und drückt ihr einen Kuss auf die Wange. Er schwingt die Beine über die Mauer und hält inne.

„Viel Spaß auf deiner Reise. Und pass gut auf dich auf. Du weißt doch, ich brauche jemanden, mit dem ich reden kann. Und du musst rechtzeitig zurück sein, um mir die Daumen bei der Nachprüfung zu drücken."

Angelica lächelt und gibt ihm ebenfalls einen Kuss auf die Wange. „Das werde ich und ich begleite dich sogar zur Prüfung, damit du dort auch wirklich erscheinst!"

Angelica winkelt die Beine an und stellt die Füße auf die Mauer, während Theo aufsteht und sich grinsend auf den Weg macht. Als er fast im Dunkeln verschwunden ist, dreht er sich noch einmal um. Er winkt ihr zu und ruft über den Platz: „Grüß mir die Sterne und erzähl mir dann, wie der Himmel dort aussieht!"

Sie lächelt und ruft ihm ein „Versprochen!" zu. Keine Sekunde später ist er von der Nacht verschluckt. Als wäre er nie da gewesen. Theo ist Theo. Er ist kein Fan von großen Abschieden und hat seine eigenen Vorstellungen von der Welt. Er ist außergewöhnlich. Im wahrsten Sinne des Wortes „außerhalb des Gewöhnlichen". Genau das mag Angelica an ihm und sie schätzt es, dass sie sich beide so nehmen, wie sie sind.

Sie lächelt. Er hat sie bestärkt, die Idee weiter zu verfolgen. Einige Minuten sitzt sie still da und beobachtet den Himmel. Dann sagt sie: „Sizilien ... warum eigentlich nicht?" Eine Vorfreude breitet sich in ihr aus, doch da hat Angelicas Herz die Rechnung ohne ihren Verstand gemacht, der auch noch ein Wörtchen mitreden möchte.

5.

Angelica sperrt die Tür auf und lauscht. Ihre Eltern schlafen vermutlich schon und nur das gelegentliche Knarren und Knacken des alten Hauses, durchbricht die Stille. Sie schlüpft aus ihren Schuhen und geht mit bloßen Füßen über den kalten Marmor. Nachdem sie ihre Schuhe an der Garderobe abgelegt hat, bleibt sie am Fuß der Treppe stehen.

Die Wolken scheinen sich verzogen zu haben, denn am Ende der Treppe strahlt nun der Mond durch die Balkontür. Sein Licht fällt auf sie und kurz steht sie in der ungewöhnlich hell erleuchteten Nacht still und sieht ins Freie.

„Wie es wohl ist ...? Draußen unter freien Himmel im Mondschein zu schlafen?“

Ein wohliger Schauer durchläuft sie. Ein Gefühl von Freiheit kommt in ihr auf, das sie wie eine wilde Welle zu überschwemmen und mitzureißen droht. Aber bevor es so weit kommt, holt sie ein Knarren der Treppe schnell wieder in die Realität zurück.

Du hast eigentlich etwas anderes zu tun, meldet sich ihr schlechtes Gewissen. Seufzend hört sie darauf, wie sie es schon so oft getan hat, und kurze Zeit später sitzt sie an ihrem Schreibtisch um an einer Liste mit Studienmöglichkeiten zu schreiben, die sie ihrer Mutter versprochen hatte. In der ersten Spalte steht: „Medizinstud..." Weiter ist sie noch nicht gekommen. Denn das Sehnen nach dieser Freiheit, die sie gerade im Mondlicht gespürt hat, hört einfach nicht auf.

Was ist nur mit mir los?

Der Geruch des Meeres, vage Erinnerung an Sandstrände, kleine bunte Häuser und der Geschmack von gegrilltem Fisch kommen ihr in den Sinn.

„*Sizilien*", flüstert sie in die Nacht.

Sie hat den einen oder anderen Urlaub dort verbracht und sizilianische Familienfeste mitgefeiert. Doch das ist schon lange her. Im Laufe der Zeit haben ihre Eltern immer seltener den Weg auf sich genommen. Es lag wohl schlicht und einfach an der Entfernung und der Abneigung ihrer Mutter gegenüber dem Fliegen. Eine Strecke von zweitausend Kilometern fährt man nur, wenn man einen richtig guten Grund dafür hat. Und den hätte sie ja gerade, sie möchte schließlich herausfinden, wer sie wirklich ist.

Sie geht die Strecke in Gedanken nochmals durch. Zuerst mit dem Zug von Wien nach Genua. Und dann, wenn sie das Meer riechen könnte, würde sie auf eine Fähre steigen, die sie entlang der Küste Italiens direkt nach Sizilien bringt. Dort am Schiff kann sie unter freiem Himmel den Fahrtwind genießen, während die Sterne und der Mond über ihr leuchten. Als sie beim Träumen aus dem Fenster sieht, hat sie fast den Eindruck, dass ihr ein Stern zublinzelt. *Was für ein verrückter Gedanke.*

Sie streicht sich mit dem Zeigefinger nachdenklich über die Nase. Sizilien ... Ihr Blick fällt auf das Blatt Papier vor ihr.

Das „Medizinstud..." sieht sie auffordernd an.

Es wäre ja gelacht, wenn sie sich nicht selbst überlisten könnte. In einer schnellen Bewegung packt sie den Bleistift und setzt ihn aufs Papier. Aber weiter kommt er nicht. Er verharrt einige Millimeter über der Stelle, wo sie aufgehört hat zu schreiben, und es ist ihr unmöglich, einen weiteren Buchstaben hinzuzufügen. Als hätte sie alle Schriftzeichen, die ihr in dieser Angelegenheit zur Verfügung standen, bereits gemacht.

Auf einmal übermannt sie ein Gefühl der Erschöpfung und sie dreht das Licht aus, um sich frustriert ins Bett zu legen, schließt fest die Augen und hofft, dass morgen alle seltsamen Überlegungen aus ihrem Kopf verschwunden sind.

Doch als Angelica die Augen wieder öffnet, ist es nicht früher Morgen, sondern tiefste Nacht. Die roten Ziffern der Digitaluhr zeigen 1:11 und sie hat keine Sekunde geschlafen, sondern sich die ganze Zeit mit geschlossenen Augen von links nach rechts gewälzt. Ihre Gedanken wollten keine Ruhe geben. In rosa Neonbuchstaben stand vor ihren geschlossenen Augenlidern der Schriftzug: SIZILIEN. Wie auf einer Leuchtreklame in Las Vegas.

Kein Wunder, dass ihre Fantasie gerade mit ihr durchgeht. Mit dem ganzen Prüfungsstress der letzten Wochen hat sie keine Ahnung, wann sie das letzte Mal ausgiebig geschlafen hat. Sie schließt erneut die Augen.

Als sie die Lider wieder öffnet, wandert ihr Blick zum Digitalwecker: 2:22. Sie dreht sich auf die andere Seite und versucht eine Position zu finden, in der sie endlich Schlaf bekommt. Schließlich öffnet sie die Augen und blickt abermals auf die Digitaluhr: 3:33. Eine Dreifachziffer nach der nächsten, immer exakt eine Stunde und elf Minuten später.

„Das kann doch nicht sein“, stößt sie irritiert aus.

Das Universum zieht amüsiert eine Augenbraue nach oben, als es beobachtet, auf welche Arte und Weise Angelicas Herz versucht, auf sich aufmerksam zu machen, um ihr mitzuteilen, dass es an der Zeit ist, den nächsten Schritt auf ihrem Weg zu gehen. Diesmal hat das Universum nun wirklich nicht seine Finger im Spiel.

„Na gut, die Sache mit dem zwinkernden Stern vielleicht, aber das ist ja nun wirklich was anderes." Das Universum schmunzelt vor sich hin.

Angelica legt sich mit einem Seufzer auf den Rücken und starrt durch ihr kleines Dachflächenfenster in den Himmel. Der volle Mond strahlt noch immer. Langsam wird ihr klar, dass an Schlaf nicht mehr zu denken ist. Sie legt die Decke beiseite, steht auf und setzt sich an ihren Schreibtisch. Sie nimmt das Blatt Papier, auf dem sie versucht hat, eine Studienliste zu erstellen, zerknüllt es und wirft es gegen das Fenster. Kurz betrachtet sie den Ball Papier, wie er von der Glasscheibe abprallt und am anderen Ende des Schreibtisches landet. Dann zuckt sie mit den Schultern und geht auf die Website der Bahn. Dort auf der Startseite findet sie etwas, mit dem sie liebäugelt, seitdem sie es das erste Mal gesehen hat. Das Angebot für ein Interrailticket. Die Möglichkeit, zwei Monate lang einfach so durch Europa zu touren.

„Das Geschenk der Freiheit", flüstert sie. Sie schiebt den Laptop auf die Seite und nimmt sich ein neues Blatt Papier. Darauf schreibt sie in großen Buchstaben „Sizilien". Im Nullkommanix stehen fein säuberlich untereinander aufgelistet gut und gerne vierzig Punkte. Alles Dinge, die sie gerne mitnehmen würde.

Na gut, so klappt das nicht. Sie streicht Dinge weg und fügt neue hinzu. Nach einer halben Stunde ist sie zufrieden mit ihrer Liste. Kleidung, Medikamente und alles, was man sonst noch auf dem Weg braucht – zusammengefasst auf wenige Dinge.

Wildnis, ich komme!

Wildnis? Sie muss kichern und hält sich schnell eine Hand vor den Mund, um niemanden zu wecken. Ist das nicht etwas übertrieben? Sie will ja kein unbekanntes Land erforschen, sie will nur nach Sizilien.

Ihr Herz lächelt. Und wie sie dabei war, ein unbekanntes Land zu erforschen! Nämlich sich selbst. Aber das Herz verhält sich ruhig, um sie nicht in ihren Vorbereitungen zu stören. Denn endlich geht es wieder in die Richtung, die es sich wünscht.

Langsam packt Angelica das Reisefieber so richtig. Sie nimmt den Bleistift und streicht den Laptop und zwei weitere Pullover von ihrer Liste – schließlich ist es Sommer und sie hat Ferien.

Zeit für den nächsten Schritt! Zufrieden steht sie voller Elan auf, um zu ihrem Schrank zu gehen, aus dem sie Kleidung herausholt: Alltagskleidung, Badesachen, Handtücher und was sonst noch auf der Liste steht. Ihre Müdigkeit ist verflogen und stattdessen regt sich Vorfreude in ihr. Sie packt alles in ihren größten

Trekkingrucksack, der sich Stück für Stück füllt – genauso wie die Zufriedenheit in ihr. Dann nimmt sie ihr Handy und dreht es gedankenverloren in der Hand. Sie hat den Eindruck, dass dies eine Reise ist, bei der sie keine Ablenkung gebrauchen kann. Am liebsten würde sie es hierlassen. Sie könnte es ausschalten und nur für Notfälle verwenden. Aber kann sie das wirklich? Sich einfach ausklinken?

Warum eigentlich nicht?

Entschlossen drückt sie die Ausschalttaste, bis der Bildschirm schwarz wird.

Yes, das fühlt sich gut an!

Da begehrt ein Gedanke auf:

Was machst du hier? Solltest du nicht etwas ganz anderes tun? Zum Beispiel diese Liste fertig schreiben? Eine Entscheidung für deine Zukunft treffen? Dich für dein Gespräch mit deiner Mutter vorbereiten? Clara schreiben?

Doch Angelica lächelt vor sich hin. „Nein!", flüstert sie entschieden in die Nacht, „ich glaube, dass ich genau das Richtige tue." Mit diesen Worten legt sie sich ins Bett und sieht durch die Dachluke zu den Sternen. Und auch wenn es eigentlich nicht sein kann, hat wieder sie den Eindruck, dass ein Stern ihr zublinzelt. Sie ist zu müde, um noch klar zu denken. Aber sie ist äußerst zufrieden mit sich selbst. Und so kommt es, dass Angelica dem

Himmel zurückzwinkert, die Augen schließt und in wenigen Sekunden eingeschlafen ist.

6.

Als Angelica die Augen öffnet, sieht sie als Erstes den Trekkingrucksack. Einige Sekunden lang ist sie verwirrt. *Machen wir heute eine Wanderung?* Doch Stück für Stück kommen die Erinnerungen an die letzte Nacht zurück. Dabei fällt ihr auf, dass es gar nicht ihr Rucksack, sondern der ihres Vaters ist, den sie sich in den Herbstferien für einen Ausflug mit Theo geliehen hatte. Sie streckt sich und setzt einen Fuß auf den Boden.

Merkwürdig.

An diesem Tag fühlt es sich anders an, aus dem Bett zu steigen. Als wäre es ein neuer Weg in eine neue Welt. Lauter kleine Schmetterlinge scheinen heute voller Begeisterung in ihrem Bauch zu tanzen.

Fast als wäre ich verliebt, stellt sie überrascht fest.

Sie schüttelt belustigt über sich selbst den Kopf, geht zu ihrem Schreibtisch und nimmt die Reiseliste nachdenklich in die Hand.

Das Einzige, was noch fehlt, sind die Medikamente ... und ... noch etwas anderes ... ja sogar das Wichtigste.

Wenn sie es wirklich ernst meint, muss sie ein Zugticket kaufen. Den Rucksack hat sie in der Vergangenheit bereits schon einmal gepackt ... Doch wirklich Nägel mit Köpfen zu machen und auch die Fahrkarte zu kaufen ... das hat sie sich auch gestern nicht getraut.

Tock, tock, tock, klopft es an ihre Zimmertür.

Geistesabwesend sagt sie: „Ist offen."

Die Tür wird aufgestoßen und Renate, ihre Mutter, steht freudestrahlend im Türrahmen.

Sie trägt ein Tablett mit frisch gepresstem Orangensaft und einer Marmeladensemmel. Daneben steht eine aufgeklappte Gratulationskarte mit der Aufschrift: „Herzlichen Glückwunsch zum erfolgreichen Abschluss!" mit lauter bunt gezeichneten Luftballons.

„Ich hab gedacht, ich bringe dir das Frühstück ans Bett, Schlafmütze. Wenn du dann so weit bist, kannst du dich unten auf einen Kaffee zu uns setzen und wir gehen deine Pläne für die Zukunft ..."

Der Blick ihrer Mutter trifft auf ihr Reisegepäck. Mitten im Satz hält zögert sie, bevor sie weiter spricht. Verwirrt sieht sie von dem Gepäckstück zu ihrer Tochter und wieder zurück.

Die schweigt.

„Übernachtest du heute … bei einer Freundin oder so?“, fragt Renate unsicher.

Angelica schüttelt den Kopf.

Die Augen ihrer Mutter weiten sich immer mehr. Angelica kann förmlich sehen, wie ihre Gehirnzellen rattern und sich Renate wieder an die Zeit zurückerinnert, als Angelica abreisefertig im Zimmer saß und sehnsüchtig aus dem Fenster starrte.

„Und … was dann?“, fragt ihre Mutter pikiert.

Angelica schnauft. Als sie den Rucksack so vor sich sieht, scheint es ihr unmöglich, einen Schritt zurück zu machen. Stattdessen geht sie einen Schritt nach vorn.

„Ich muss mich einfach selbst besser kennenlernen und werde … nach Sizilien reisen!“

Selbst Angelica kommt diese Aussage etwas schwach vor. Der rationale Teil in ihr pocht darauf, dass sie sich gemeinsam mit ihren Eltern für ein Studium entscheidet, damit sie keine Zeit verliert. Die nächste Immatrikulationsmöglichkeit ist erst Ende des Jahres und die Universitäten haben wahrscheinlich kein Verständnis dafür, dass sie gerne auf einen Selbstfindungstrip gehen möchte. Noch dazu muss man bei einigen Studiengängen bei der Erstanmeldung an den Wiener Universitäten noch immer persönlich seine Zeugnisse vorbeibringen, statt alles aus der Entfernung digital machen zu können.

Und dennoch erscheint es ihr gerade wichtiger, sich auf diese Reise zu begeben.

Das Universum lächelt verschmitzt. Es kann Angelicas Zwiespalt gut verstehen. Soll sie ihrer scheinbaren Pflicht nachkommen oder sich dem Abenteuer widmen, das nach ihr ruft? Wenn sie sich wirklich auf den Weg machen will, muss sie jetzt für sich selbst einstehen. *Aber vielleicht wird das auch gar nicht so schwierig, wie Angelica glaubt. Schließlich ist da noch ihr Herz,* stellt das Universum grinsend fest und wirft noch einen Blick auf das Stundenglas.

Die Lippen ihrer Mutter verziehen sich zu einem schmalen Strich.

„Aha." Ohne ein weiteres Wort stellt sie das Tablett mit einem Klirren auf den Schreibtisch. Der Orangensaft schwappt über. Dann dreht sie sich wortlos um und wirft die Tür hinter sich zu. Erschrocken von dem lauten Knall zuckt Angelica zusammen.

Na großartig. Sie sieht auf die Tür und verdreht genervt die Augen. Wut steigt kurz in ihr auf. Doch gleich darauf macht sich wieder Gelassenheit in ihr breit.

Seltsam

Normalerweise regt sie eine Aktion wie die ihrer Mutter länger auf als nur ein paar Sekunden. Angelica greift zum Orangensaft und genießt den ersten Schluck.

Dann nimmt sie einen Bissen vom Marmeladenbrötchen, das heute noch besser als sonst schmeckt. Achtsam legt sie das Brötchen wieder auf den Teller und als wäre es das Selbstverständlichste auf der Welt, öffnet sie ihren Laptop und bucht das Interrailticket.

Ihr Herz reißt die Hände in die Höhe und stößt einen Freudenschrei aus. Es ist mehr als zufrieden mit der Entwicklung der letzten Stunden! Und wenn ein Herz zufrieden ist, dann kann es nichts so schnell aus der Ruhe bringen und die Stimmung kaputtmachen.

Als Nächstes sieht sich Angelica die Reisemöglichkeiten an. *Optimalerweise verbringe ich die Nacht im Zug und bin morgen früh in Genua.* Ganze vierzehn Stunden Fahrt. So lange ist sie noch nie mit dem Zug unterwegs gewesen. Nun gilt es nur noch, eine Verbindung zu finden, wo auch eine mögliche Verspätung einkalkuliert ist.

Sicher ist sicher.

Sie sucht einige Minuten, bis sie die richtige Verbindung zwischen Bahn und Fähre inklusive Pufferzeit gefunden hat.

„Geschafft!“, stößt sie begeistert aus. Wenn sie noch heute aufbricht, kriegt sie die perfekte Verbindung. Schon fängt es an mit dem Abenteuer.

Kurz zögert sie ...

Will ich wirklich gleich heute losfahren?

Doch dann muss sie schmunzeln. Worauf soll sie warten? Sie druckt den Reiseplan aus, bevor sie es sich noch anders überlegen kann, und packt ihn in ein Kuvert. Darauf schreibt sie in ihrer schönsten Schrift „Mein großes Abenteuer" und malt ein Herz darunter. In diesem Moment erscheint ihr jeder Schritt wie der natürlichste der Welt. Sie zieht sich an und packt das Ticket zusammen mit den restlichen Sachen in den Rucksack. Dann schnappt sie ihr Gepäck und macht sich damit auf den Weg nach unten.

Dort angekommen geht sie zu ihrem Vater, der bei Kaffee, Kuchen und Zeitung im Esszimmer sitzt und so wie jeden Sonntag das Kreuzworträtsel löst. Als er Angelica mit dem Rucksack sieht, blickt er neugierig von der Zeitung auf.

„Ah da, schau her. Mama hat mir schon erzählt, dass du den Rucksack gepackt hast." Ein Grinsen stiehlt sich auf seine Lippen. „Wenn ich dich so sehe, erinnerst du mich ein bisschen an die Zeit, als ich mich mit deiner Mutter auf den Weg gemacht habe ... Kann es sogar sein ..." Er rückt die Lesebrille ein Stück nach unten und betrachtet Angelica genauer. Dabei wird sein Lächeln immer breiter. „... dass das mein alter Rucksack ist?"

Angelica beißt sich auf die Lippe und nickt. Trotz seines liebevollen Gesichtsausdrucks stellt sie sich jetzt auf die nächste elterliche Eskalation ein.

Doch ihr Vater lacht begeistert. „Großartig, dass mein alter Kompagnon noch mal auf Reisen geht! Komm her, setz dich und nimm dir einen Kaffee."

Er winkt Angelica freudig zu sich. Diese stellt von der freundlichen Reaktion etwas verwirrt den Rucksack ab und setzt sich zu ihm. Er schenkt ihr Kaffee ein.

„Wo ist Mama?", fragt Angelica zögerlich.

Ihr Vater macht eine kurze Pause.

„Tja, Mama ... die ist spazieren gegangen. Sie muss sich sozusagen erst wieder etwas ... beruhigen."

Angelica ist überrascht. Er scheint das Ganze wesentlich entspannter zu sehen als ihre Mutter. Nachdem er die Zeitung ordentlich zusammengefaltet hat, legt er sie zur Seite. Dann sieht er seine Tochter neugierig an und fragt augenzwinkernd: „Also, Reisende, wohin soll es gehen? Japan? Amerika? Indien? Nepal?"

Auch wenn sie weiß, dass ihr Vater einen Witz macht, weiten sich ihre Augen. Sie hat schon viel von diesen Ländern gehört, doch wenn sie sich vorstellt, jetzt dorthin zu gehen, bekommt sie ein richtig mulmiges Gefühl. Ihr erscheint Sizilien bereits als riesiges Neuland.

Sie verneint und sieht ihrem Vater fest in die Augen: „Ich will nach Sizilien."

„Nach Sizilien? Hm?" Er rückt seine Brille zurecht. „Eine schöne Idee. Was hältst du davon, wenn wir mitkommen? Wir haben schon lange keinen Familienurlaub mehr gemacht."

Nun schüttelt Angelica so entsetzt den Kopf, dass ihre Haare wild durch die Gegend fliegen. „Nein! Das ist meine Reise! Ich will einfach mit mir selbst unterwegs sein! Und damit ihr Bescheid wisst, ihr werdet mich auch nicht auf dem Handy erreichen!", entgegnet sie empört.

„Hm, das mit dem Handy ist ungewöhnlich, doch dass du alleine loswillst, hab ich mir schon gedacht."

Ihr Vater fährt sich nachdenklich übers Kinn, als wollte er noch etwas anderes ergänzen, doch er überlegt es sich offenbar anders und fügt nur noch hinzu: „Na gut, dann viel Spaß auf der Reise."

Er greift sich seine Tasse, nimmt einen Schluck Kaffee, vertieft sich wieder in seine Zeitung.

Was war das bitte?

Angelica ist von der Heiterkeit ihres Vaters gerade verwirrter als durch den Gefühlsausbruch ihrer Mutter.

Ist das eine neue Taktik?

„Sag mal, bist du böse oder so? Oder ist es dir auf einmal egal, was ich tue?", fragt sie vorsichtig.

Ihr Vater lacht. „Kleines, glaub es mir oder nicht: Als ich jung war, war ich auch der Überzeugung, meine Sachen packen und abhauen zu müssen." Dann senkt er die Stimme und flüstert ihr geheimnisvoll zu: „Und auch wenn Mama das gerade vergessen hat, wir haben uns zu zweit auf den Weg gemacht. Und deine liebe Mama war diejenige, die zuerst losgegangen ist. Also zerbrich dir nicht den Kopf wegen ihrer Reaktion. Sie wird sich schon wieder beruhigen."

Angelica hat ihrem Vater mit offenem Mund zugehört. Damit hat sie nicht gerechnet. Schließlich fragt sie verwirrt: „Aber was ist mit eurem Wunsch, dass ich endlich ein Studium wähle?"

„Was soll damit sein? Du bist an einem Punkt deines Lebens angelangt, wo du wichtige Entscheidungen für dich alleine treffen musst, oder?"

Angelica sieht ihren Vater verunsichert an. „Ja?", sagt sie zögerlich.

„Na eben", entgegnet er zufrieden und fährt fort: „Manchmal schieben wir Entscheidungen sinnlos vor uns her. Aber manchmal brauchen wir einfach auch noch Zeit, um innerlich zu wachsen, um dann die richtige Wahl zu treffen. Was von diesen beiden Dingen auf dich zutrifft, kannst nur du wissen." Er zuckt mit den Schultern. „Und wenn dein Herz dir sagt, dass es an der Zeit ist, nach draußen zu gehen und eine Reise zu machen, dann hör darauf und geh."

Er greift nach seiner Brieftasche und holt zwei Hunderteuroscheine heraus – eine Geldspende, welche die Reisekasse von Angelica, die aus ihrem Ersparten besteht, wesentlich aufbessert. Er legt sie neben ihren

Kuchenteller und sieht verlegen zur Seite. Angelica glaubt, eine kleine Träne im Auge ihres Vaters schimmern zu sehen.

„Pass gut auf dich auf!", sagt er mit einer Stimme, die etwas brüchiger als sonst klingt.

Erstaunt, aber überglücklich, steht Angelica auf und fällt ihm um den Hals.

„Danke, du bist toll!"

Ihr Vater wischt sich mit der Hand übers Gesicht und legt seinen Arm um Angelica. „Ist ja schon gut, Kleines", flüstert er sichtlich zufrieden. Doch dann wird er ernster. „Versprich mir nur eins …" Er löst sich aus der Umarmung, hält sie ein Stück von sich weg und blickt ihr ernst in die Augen. „Wann immer du in eine Situation kommst, die sich seltsam anfühlt, such dir ein Hotel oder ein Taxi. Nimm auf alle Fälle dein Handy mit und benutze es, wenn du es für nötig hältst. Wir haben dich lieb und es liegt uns am Herzen, dass dir nichts passiert."

Über Angelicas Wange rollt eine Träne und ihr Herz wird ganz warm. Sie glaubt langsam, dass sie ihren Vater gewaltig unterschätzt hat. Schließlich wischt sie die Träne weg und steckt das Geld ein. Ihr Vater schnappt sich erneut die Zeitung.

Angelica vermutet, dass er sich ein bisschen dahinter verstecken will. Emotionale Szenen sind nicht gerade seine Stärke.

Schweigend isst sie ihren Kuchen und gibt ihm etwas Zeit. Doch dann fällt ihr noch was ein.

„Sag mal, Papa, gibt es in Sizilien irgendwas Spezielles, auf das ich achten sollte? Vielleicht die Mafia?"

Ihr Vater schaut sie mit leicht feuchten Augen über den Brillenrand hinweg an. Er räuspert sich. „Hm, eine gute Frage." Er sieht nachdenklich an die Decke und wieder zu Angelica. „Wenn man sich auf Reisen begibt, weiß man nie so recht, was auf einen zukommt. Das ist in Sizilien genauso wie anderswo. Aber man kann dafür sorgen, dass man weiß, wohin man sich im Notfall wenden kann. Um die Mafia brauchst du dir keine Sorgen zu machen, die haben kein Interesse an dir."

Er reißt ein Stück von der Zeitung ab, auf das er etwas mit seinem Stift kritzelt, und schiebt es Angelica zu.

„Hier sind die Nummer und die Adresse von Tante Isabella. Sie wohnt in Sizilien und ich glaube, ihr könntet euch gut verstehen." Er zwinkert ihr zu. „So groß ist die Insel nicht. Schau einfach bei ihr vorbei, wenn du ein Problem hast oder eine Pause brauchst. Und vergiss nicht, ihr einen lieben Gruß von mir auszurichten", sagt er mit erhobenem Zeigefinger.

„Geht klar!", antwortet Angelica.

Ihr Vater blickt aus dem Fenster auf den großen Ahornbaum, als erinnerte er sich an eine Zeit, die schon lang vergangen ist. „Weißt du, jeder erlebt das Reisen anders. Der eine empfindet es wie einen Virus, von dem er sich nie wieder erholen kann, und fragt sich dann jeden Tag, was am anderen Ende des Horizonts zu finden ist. Dieses Reisefieber kann dann nur dadurch gestillt werden, dass man sich immer wieder auf den Weg begibt. Andere wiederum scheinen dagegen immun zu sein. Sie machen sich einmal auf den Weg, um festzustellen, dass das nichts für sie ist. Danach gehen sie nur selten und eher unwillig auf Reisen." Er macht eine Pause. „Nun ja, alle nehmen etwas von ihren Ausflügen mit, sogar die, die nur selten aufbrechen. Sie beginnen nämlich das, was sie in ihrer Heimat haben, immer mehr zu schätzen." Er dreht sich vom Fenster weg und sieht Angelica in die Augen. „Ob du das Reisevirus hast oder immun dagegen bist, musst du selbst herausfinden." Er lächelt. „Und da bist du gerade auf dem besten Weg. Sonst kann ich dir nur meine alten Regeln für Abenteuer weitergeben, die mich immer begleitet haben. Erstens: Wünsche dir für jeden Tag das Beste und vertraue darauf, dass alles gut wird. Zweitens: Wann immer du dir unsicher bist, höre auf dein Bauchgefühl. Drittens: Zögere nicht, um Hilfe zu bitten."

Er streicht Angelica zärtlich über die Wange. „Es ist eine Reise, meine Kleine. Da kann dir niemand sagen, was auf dich zukommt. Aber Sizilien ist eine gute Wahl. Du sprichst Italienisch und bist ein hübsches Mädchen.

Ich vermute, die sizilianischen Männer werden einige Umwege in Kauf nehmen, um dir deine Wünsche zu erfüllen."

Er sieht sie schelmisch von der Seite her an. „Und pass auf, mit wem du dich einlässt. Man weiß nicht, ob man mit so einer italienischen Flasche nicht plötzlich sein restliches Leben verbringt. Da kann deine Mama ein Lied davon singen. Sie hat mich schließlich geheiratet." Vielsagend hebt er eine Augenbraue und Angelica muss lachen. „Wann geht es denn los?"

„In vier Stunden fährt der Zug", antwortet sie.

„Vielleicht solltest du dich noch ein bisschen schlaumachen, welche Touristenfallen es in Sizilien gibt. Es schadet nicht, vorbereitet zu sein, falls dich jemand übers Ohr hauen will", rät er ihr mit einem Zwinkern.

Angelica wird leicht rot. „Stimmt ... daran ... hab ich auch schon gedacht", stottert sie.

Hast du nicht wirklich, mischt sich verräterisch ihr Kopf ein. Sie hört nicht darauf, drückt ihrem Vater einen Kuss auf die Wange und läuft die Treppe hinauf in ihr Zimmer. Nach zwei Stunden hat sie die notwendigsten Informationen: die wichtigsten Routen, die schönsten Orte und die häufigsten Touristenfallen. Alles schön säuberlich zusammenkopiert und ausgedruckt als Lektüre für unterwegs.

Jetzt wird es aber Zeit, dass sie sich auf den Weg macht. Es dauert nicht mehr lange, bis der Zug fährt.

Sie klappt den Laptop zu und geht zu ihrem Spiegel. Dort streicht sie sich die braun gelockten Haare aus ihrem sommersprossigen Gesicht. Dann tritt sie ein Stück näher an den Spiegel heran und kneift die Lider zusammen. Sie sieht sich selbst fest in die Augen und stupst mit dem Zeigefinger ihr Spiegelbild an.

„Du kannst das!“

Sie nickt zufrieden.

Die Reise kann beginnen!

7.

Angelica sitzt im Auto und zwischen ihren Füßen steht ihr Rucksack. Obwohl die Reise noch gar nicht angefangen hat, hat sie trotzdem schon das Bedürfnis, sich nicht mehr von ihm zu trennen. Dass es noch dazu der reiseerprobte Rucksack ihres Vaters ist, den sie als Gefährten bei sich hat, findet sie äußerst beruhigend.

Weniger hilfreich ist allerdings, wie ihre Mutter auf dem Beifahrersitz sitzt und verbissen aus dem Seitenfenster sieht. Seit sie von ihrem Waldspaziergang zurückgekommen ist, hat sie kein Wort mit ihr gewechselt. Das macht Angelica etwas nervös. Gerade jetzt, da sie sich auf den Weg zu ihrer ersten alleinigen Reise begibt, wünscht sie sich nichts sehnlicher, als in Frieden mit ihren Eltern auseinanderzugehen. Die ganze Sache ist auch so schon aufregend genug.

„Mama …“

Ihre Mutter blickt zu ihr nach hinten und in diesem Moment entdeckt Angelica etwas in ihren Augen. Sie strahlen keinen Ärger, sondern Traurigkeit aus.

„Ja, mein Kind?“

„Bist du wütend …?“

„Ich weiß es nicht, aber … ich glaube nicht. Ich wünsche mir allerdings, dass du eine Entscheidung triffst, wie es mit deiner Zukunft weitergehen soll. Schließlich musst du wie jeder Mensch einen Weg im Leben wählen und Flüchten ist dabei sicherlich keine Lösung!“

Angelica schweigt und sieht bekümmert aus dem Fenster. Sie will nicht schon wieder mit ihrer Mutter streiten. *Schon gar nicht so kurz vor der Abreise.*

Das Universum schaut mitfühlend zu Angelica. Schade, dass die Menschen den einen Moment als junge Seele vergessen, in dem sie auf die Erde gesehen und sich genau jene Familie ausgesucht haben, zu der sie wollten. Das Universum beobachtet die baldigen Erdenbewohner dabei immer ganz genau. Nie scheint einer von ihnen zu zögern. Ganz im Gegenteil, sie sind sich immer sehr sicher. Manchmal fragt sich das Universum still: *Wie wäre es wohl, wenn sich alle Menschen auf der Erde mit einem Schlag wieder an diesen Moment erinnern könnten? Diesen Augenblick als sie ganz am Anfang ihrer Reise mit dem Finger auf eine Familie gezeigt und voller*

Überzeugung gesagt haben: „Genau zu diesen Menschen möchte ich und zu keinen anderen.“

Doch wie von so vielen Dingen, hat Angelica von diesem ursprünglichen Wissen keine Ahnung mehr.

Trotzdem bringt die junge Frau die Kraft auf, Renate anzusehen. „Ach, Mama, um ehrlich zu sein, ich weiß auch nicht, was los ist. Ich würde auch gern schnell die richtige Entscheidung treffen. Aber derzeit kann ich es einfach nicht. Ich hoffe, dass mich diese Reise in meiner Entscheidung weiterbringt.“

Etwas blitzt in den Augen ihrer Mutter auf. „Du meinst, diese Reise soll dir bei der Wahl deiner Zukunft helfen? Eine Art ... Studienentscheidungsreise?“

Angelica schüttelt den Kopf, nickt anschließend und hebt schließlich achselzuckend die Schultern. „Irgendwas zieht mich nach Sizilien. Es scheint was mit meinen Wurzeln zu tun zu haben. Woher ich komme und wer ich sein will. Also ja, irgendwie glaube ich daran, dass diese Reise und meine Studienentscheidung miteinander verbunden sind.“ Sie sieht wieder durch das Fenster nach draußen. „Oder es wird etwas ganz anderes ...“, ergänzt sie leise murmelnd. Ihre Mutter wendet sich wenig begeistert ab.

Angelica kann verstehen, dass ihre Mutter enttäuscht ist. Immerhin hat sie auch mehr Nüchternheit und

Sachlichkeit von sich selbst erwartet. Aber was soll sie tun? Es ist nun mal so, wie es ist. Und irgendwie hat sich seit der letzten Nacht eine Spur stoischer Gelassenheit in ihr ausgebreitet. *Sehen wir mal, wie lange es anhält,* denkt sie sich.

Schließlich blickt ihre Mutter sie wieder an. „Manchmal vergesse ich, wie es bei mir damals war …“, sagt sie leise. Sie streckt ihre Hand nach der Schulter ihres Ehemanns aus, und drückt sie sanft. Dann wendet sie sich wieder ihrer Tochter zu. „Ich verstehe dich vielleicht sogar besser, als du glaubst, Angelica …“ Verlegen sieht sie auf ihre gefalteten Hände in ihrem Schoß. „Mir erscheint das nur schon so lange her. Ich glaube, ich bin einer der Menschen, die immun gegen das Reisefieber sind.“ Geistesabwesend kratzt sie mit dem Daumen über einen der Fingernägel der anderen Hand und Angelica stupst sie leicht an der Schulter, damit sie aufhört. Verblüfft sieht sie auf und braucht einige Sekunden, bis sich wieder gefangen hat. Dann blickt sie Angelica in die Augen. „Für mich geschehen die richtigen Abenteuer zu Hause.“ Sie sieht traurig zur Seite aus dem Fenster. „Ich bin lange herumgeirrt, um das zu erkennen und meinen Platz in der Welt zu finden. Wenn ich zurückschaue, empfinde ich dieses Herumirren irgendwie als verlorene Zeit, die ich gerne wieder zurückhätte, um das Leben zu genießen, statt im Kreis gegangen zu sein. Das würde ich dir gerne ersparen!“

Sie lächelt Angelica müde an und die ist überrascht. Zum ersten Mal kann sie wirklich fühlen, dass ihre Mutter einfach nur das Beste für sie will. Berührt nickt sie Renate zu, weil sie nicht weiß, was sie sagen soll. Sie hat einen Kloß im Hals, aber ringt sich dann doch durch, etwas zu sagen.

„Mama, du kennst mich. Eigentlich erwarte ich auch von mir, dass ich weiß, wie es weitergeht. Aber ganz so läuft es momentan irgendwie nicht. Ich weiß in dem ganzen emotionalen Tohuwabohu gerade auch nicht, wo oben und unten ist."

Nachdenklich betrachtet ihre Mutter sie. Dann scheint sie zu einem Entschluss gekommen zu sein. „Vielleicht machst du ja das einzig Richtige, was man in so einer Situation tun kann: die Sachen packen und für einige Wochen aus dem gewohnten Umfeld ausbrechen. Danach hast du hoffentlich eine frische Perspektive auf die Dinge und weißt, was du willst."

Angelica legt die Hand auf die Schulter ihrer Mutter. Schon zum zweiten Mal rinnen ihr heute die Tränen an der Wange entlang. Auch ihrer Mutter kommen die Tränen. Die beiden wischen sich leicht verlegen, aber lächelnd die Augenwinkel trocken. Nur Angelica sieht, wie ihr Vater kurz in den Rückspiegel blickt und ihr zuzwinkert. Die restliche Fahrt verläuft in friedlichem Schweigen. Es wurde alles gesagt und Angelica beginnt sich langsam wieder auf die vor ihr liegende Reise zu freuen.

Kurze Zeit später stehen die drei vor der großen Anzeigetafel am Bahnhof. Viele Leute eilen an ihnen vorbei. Alle scheinen auf dem Weg zu einem bestimmten Reiseziel zu sein. Auf der großen Anzeigetafel steht, dass Angelicas Zug in fünfundzwanzig Minuten abfährt. Die drei gehen noch schnell zu einer Bäckerei, um Gebäck und Wasser für die Reise zu kaufen. Zurück auf dem Bahnsteig fängt ihre Mutter an, in ihrer Tasche zu kramen. Sie scheint gefunden zu haben, wonach sie sucht, aber nimmt es nicht heraus. Dann wandert ihr Blick zu Angelica und zurück in ihre Tasche. Angelica schaut ihre Mutter verwundert an.

Diese sieht verlegen auf die Seite und ihr Mund verzieht sich, als wäre sie mit sich selbst im Konflikt. Dann fasst sie sich und sagt: „Manche Entwicklungen passieren, egal wie sehr man versucht sie zu verhindern ...“ Eine kurze Pause entsteht und Angelicas Blick fällt auf den Bildschirm mit den Abfahrtszeiten. Ein grünes Licht zeigt an, dass ihr Zug bereits am Gleis steht. Sie hat nicht mehr viel Zeit, wenn sie mitfahren will. Ihre Mutter bemerkt, dass Angelica nervös wird. Sie atmet tief durch und nimmt ein kleines verschlissenes Lederbuch aus ihrer Tasche. „Als ich aus dem Wald zurückkam, ist mir dieses Buch wieder eingefallen ... und sosehr ich es dir lieber nicht gegeben hätte ... es ist doch etwas Besonderes ... Ich ...", setzt ihre Mutter an und ihre Stimme bricht. Sie fängt sich und wischt sich die Tränen aus den Augen. „Ich ... hatte es damals dabei, als ich die Welt erkundete ... Ich habe es nie bis zum Ende geschafft. Lies es nur Seite für Seite, niemals mehr!" Ein eigenartiger Ausdruck huscht über ihr Gesicht, den Angelica nicht zu deuten weiß. „Manche Bücher ... wollen nicht anders gelesen werden." Zögerlich streckt sie Angelica das Buch entgegen. Diese nickt und nimmt es verlegen an sich. Ein innerer Impuls bringt sie dazu, es rasch in ihrer kleinen Umhängetasche zu verstauen. Denn sie hat das Gefühl, Renate könnte es sich sonst doch noch anders überlegen und es wieder zurücknehmen. Aber jetzt ist wirklich nicht mehr viel Zeit und so drückt ihre Mutter sie noch mal an sich, bevor ihr erneut die Tränen kommen.

„Ruf uns an, wenn irgendwas ist – versprochen?"

Angelica nickt lächelnd, sie kann gerade nicht sprechen. Dann drückt sie ihren Vater noch einmal an ihr Herz, und er gibt ihr einen Kuss auf die Stirn.

Sie steigt in den Zug gerade noch rechtzeitig, denn in dem Moment ertönt das Abfahrtssignal.

Das Universum beobachtet Angelica und ihre Eltern und bemerkt, wie sich von einem Moment zum nächsten etwas verändert. Die Trennung zwischen Angelica im Zug und den Eltern am Bahnsteig ist nun keine rein örtliche mehr. Es ist eine Veränderung in ihren Lebensbahnen. Gerade noch waren ihre Eltern und sie in einem energetischen Farbgemisch aus Orange und Türkis miteinander verbunden. Doch Angelica hat eine Entscheidung getroffen und ihre Energien entmischen sich. So sieht das Universum, wie sich die Farben langsam verändern. Als würde eine Kamera den Mischprozess rückwärtslaufen lassen. Ein neues frisches Grün und ein Gelb schälen sich aus den Ursprungsfarben und kleine Partikel flirren rund um Angelica. Ihre ureigenste Energie, die sich von ihren Eltern entfernt und nun zum ersten Mal die Möglichkeit hat, ganz allein zu leuchten.

„Immer wieder faszinierend, wenn ein Mensch seinen Weg geht", flüstert das Universum. Es betrachtet die neuen Lichtpunkte, die nervös um Angelica schwirren und erst noch ein neues Miteinander finden müssen. Das Universum wird immer neugieriger und versteht, wieso Menschen gerne Popcorn zu spannenden Filmen essen. Das hätte es jetzt auch gern.

Aber warum eigentlich nicht?

Und keine Sekunde später kaut das Universum an kleinem regenbogenfarbenen Popcorn.

Ob es sich wohl auch so für Menschen anfühlt?, fragt es sich nachdenklich.

Angelica winkt ihren mit der Distanz immer kleiner werdenden Eltern zu, als der Zug langsam den Bahnhof verlässt. Sie wirft noch einen letzten Blick zurück, der einen Hauch Wehmut enthält, und dann sucht sie ein freies Abteil, in dem sie vorerst für sich allein sein kann. Als sie es gefunden hat, öffnet sie das Fenster und lässt sich auf den Sitz fallen. Sie atmet tief ein und aus.

Endlich!

Freiheit.

Sie hat eine lange Reise vor sich. Genau der richtige Moment, mit ihrer Reiselektüre zu beginnen. Sie holt die ausgedruckten Zettel mit all den wichtigen Informationen über Sizilien aus der Tasche und dabei fällt ihr das Buch ihrer Mutter in die Hand. Angelica fährt mit den Fingerspitzen vorsichtig über die goldenen Buchstaben.

Das Universum und ich – eine Liebesgeschichte.

Die Ermahnung ihrer Mutter dringt wieder in ihr Gedächtnis: „Nur eine Seite auf einmal – manche Bücher wollen nicht anders gelesen werden." *Seltsam.* Sie zuckt mit den Schultern, schlägt vorsichtig die erste Seite auf und liest:

„Jede Reise im Außen ist auch immer eine Reise zu sich selbst.
... genauso wie das eigene Herz auf seiner Reise durch das Universum sich selbst erkennt."

Angelica lässt die Worte stirnrunzelnd auf sich wirken. *Na das ist mal ein seltsames Buch.* Sie ist sich nicht ganz sicher, was das bedeuten soll und was sie davon hält, aber tief in ihr, in der Nähe ihres Herzens, wird es plötzlich warm, als hätte ein anderer Anteil von ihr diese Worte vernommen und darauf reagiert. Plötzlich hat sie das Gefühl, dass da vielleicht mehr dran ist, als ihr bewusst ist.

Sie zieht entspannt die Schuhe aus und legt ihre Füße auf den gegenüberliegenden Sitzplatz im Abteil. Dann blickt sie an die Decke und erinnert sich daran, wie sie in ihrem Bett gelegen und durch das Dachflächenfenster in den Himmel geschaut hat. Das ist noch keine vierundzwanzig Stunden her und schon erscheint es ihr, als wären seitdem ganze Tage vergangen. *Seltsam, wie schnell sich Dinge ändern können,* denkt sie und gähnt. Ihr fallen immer mehr die Augen zu. Ganz kurz hat sie den Eindruck, als würde sich das Dach des Zuges in nichts auflösen und sie unter freiem Sternenhimmel dahinfahren. Sogar einen kleinen leuchtenden Stern glaubt sie zu erblicken. Doch bevor sie noch darüber nachdenken kann, ist sie längst weggedöst.

8.

Angelica erwacht, während das leise Rattern des Zuges in ihr Bewusstsein dringt. Wo ist sie? Verwirrt blickt sie aus dem Fenster des Abteils und sieht nur das Dunkel der Nacht unterbrochen von vorbeiziehenden Lichtpunkten. Jetzt erinnert sie sich wieder! Sie ist unterwegs in ihr erstes großen Abenteuer.

Ich hab das wirklich durchgezogen, denkt sie erstaunt über sich selbst. In ihrem Inneren spürt sie ein schwaches Schuldgefühl, weil sie nicht zu Hause geblieben ist, um eine Studienwahl zu treffen, doch sie wischt es zur Seite, wie sie vor Kurzem noch das Sehnen ihres Herzens zur Seite gewischt hat. Schließlich ist sie nun in einem Zug auf dem Weg nach Genua.

„Hauptsache, den Schulabschluss in der Tasche und im Rucksack alles, was ich für meine Reise brauche", sagt sie zu sich selbst.

Dabei überkommt sie ein klammes Gefühl, als sie sich im Abteil umsieht. Sie ist allein geblieben. Einerseits schön, so hat sie ihre Ruhe. Doch andererseits ... etwas Gesellschaft wäre schon angenehm – und Hunger hat sie auch. Sie packt alle ihre Wertsachen in eine kleine Umhängetasche. Das hätte sie besser vorher gemacht, aber daran hat sie in der ganzen Aufregung nicht gedacht. *Zum Glück ist noch alles da,* stellt sie zufrieden fest. Dann macht sie sich auf die Suche nach dem Speisewagen.

Als sie ihn betritt, sieht sie die Tische. Neugierig betrachtet sie die Fremden, die alle in ihre eigene Welt vertieft zu sein scheinen.

Ist es nicht seltsam, wie man sich im gleichen Raum befinden kann und sich dabei dennoch völlig fremd bleibt?, grübelt ihr Hirn nachdenklich und das Herz stimmt ausnahmsweise und etwas überrascht von der Ähnlichkeit ihrer Wahrnehmung dem Kopf zu.

Angelica geht am ersten Tisch vorbei. Dort sitzt ein grimmiger Herr im Mantel mit dunklem Bart und einem halb leeren Bierkrug, der ins Leere starrt.

Auf dem Rückweg von einem fehlgeschlagenen Geschäftstreffen?, grübelt Angelica, als sie sich dem Tisch nähert. *Er wirkt auf jeden Fall nicht sehr glücklich.*

Sie sieht auf die andere Seite und entdeckt ein junges Pärchen, das sich angeregt kichernd unterhält. *Frisch verliebt auf dem Weg zur ersten gemeinsamen Urlaubsreise?,* rauscht eine weitere Überlegung durch Angelicas Kopf.

Dann wirft sie einen kurzen Blick zurück über die Schulter, bevor sie an dem Pärchen vorbeigeht. *Die beiden sind genau das Gegenteil von dem griesgrämigen Mann,* stellt Angelica gedankenverloren fest. *Wie nah sich Gegensätze doch manchmal sein können.*

Der vierte Tisch ist leer und sie setzt sich nieder. Auf der anderen Seite des Ganges bemerkt sie eine schwarzhaarige Frau, die anscheinend versucht ihr Frühstücksei im Eierbecher zu hypnotisieren.

Was sie wohl so interessant an ihrem Ei findet?, fragt sich Angelica und schüttelt leicht den Kopf.

Dann verdrängt sie den Gedanken wieder.

Was geht es mich an, womit sich andere Menschen im Speisewagen beschäftigen? Ich kenne sie nicht mal.

„Was bekommst du?" Die Bedienung holt sie aus ihren Überlegungen zurück in die Realität. Angelica bestellt einen heißen Kakao. Beim Blick aus dem Fenster kann sie einige Sterne über sich funkeln sehen. In dem Moment erinnert sie sich an ihre Versprechen, die sie Theo gegeben hat. *Ihn zur Abschlussprüfung zu begleiten und ihm zu erzählen, wie der Sternenhimmel in Sizilien ist.*

Sie hofft, den schönsten Himmel aller Zeiten zu sehen, damit sie Theo auf dem Weg zur Nachprüfung diese Erinnerung in den leuchtendsten Farben beschreiben kann. Sie vermisst Theo. Es ist zwar großartig, allein auf Reisen zu sein und sich ins Abenteuer zu stürzen, aber irgendwie … ist es auch etwas einsam. Und Theo mit seinen philosophischen Ideen wäre genau der richtige Reisepartner. Doch wie sie ihrem Vater gesagt hat: Es ist ihre Reise. Die muss und möchte sie allein machen.

Während sie auf ihren Kakao wartet, beobachtet sie das junge Pärchen. Die beiden sind sichtlich verliebt. *Wie sie sich liebevoll an den Händen berühren und sich gegenseitig küssen,* stellt Angelica leicht sehnsüchtig fest. Sie hört einige der Gesprächsfetzen in einer fremden Sprache und langsam schweift ihr Blick zurück zu der schwarzhaarigen jungen Frau, die noch immer ihr Frühstücksei fixiert. In diesem Moment blickt sie auf und sieht Angelica direkt in die Augen. Anschließend zwinkert sie ihr verschwörerisch zu.

Angelica sieht nervös auf die Seite. *Was war denn das gerade?,* fragt sie sich misstrauisch. Dann schüttelt sie verärgert über sich den Kopf. *Nur weil mir jemand zuzwinkert, bedeutet das nicht gleich, dass er etwas Schlechtes im Sinn hat,* sagt sie zu sich selbst. Nach einer anfänglich abenteuerlichen Stimmung gewinnen langsam Gedanken von Fremdheit und Misstrauen die Oberhand. Zu vieles Neues, Unbekanntes, das sich rund um sie befindet. Alles ist anders: Menschen, die sie nicht kennt, die Sprachen sprechen, die sie nicht zuordnen kann. Sie fühlt sich unsicher in diesem Umfeld, das sich nicht wirklich vorhersagen oder kontrollieren lässt. Eine Unsicherheit, die dazu führt, dass sie nun doch Distanz zu den anderen sucht, obwohl sie sich eigentlich nach Gesellschaft gesehnt hat.

Wie sehr steht dieses bewusste Zurückziehen in ihren Gedanken im Kontrast zur Gefühlswelt ihres Herzens. Denn im Gegensatz zu ihrem Kopf, der immer mehr misstrauische und verunsichernde Gedanken wälzt, springt ihr Herz voller Begeisterung auf und ab in ihrem Brustkorb. „Endlich frei, endlich auf Reisen, endlich tun und lassen, was ich möchte", scheint es zu rufen. Das Herz geht auf in dieser Weite. Was der Kopf gerade macht, passt dem Herzen gar nicht und Angelica scheint ihm gerade mehr Aufmerksamkeit zu schenken als ihrem Herzen. Der Kopf wird langsam wirklich lästig, findet das Herz. Es lässt seiner Empörung freien Lauf und versucht Angelica aus ihrem Schneckenhaus zu locken.

Doch Angelicas Kopf lässt nicht locker. Sie war damit beschäftigt, aus ihrer vergangenen Situation zu entkommen, und das ist ihr jetzt mit dem Aufbruch in ihr Abenteuer gelungen.

Und jetzt? Was kommt jetzt?

Das hat sie sich noch nicht überlegt. Nun gut, es gibt eine Fähre, die sie nach Sizilien bringt. Das ist die pragmatische Reiseroutenperspektive. Doch dann? Bringt sie das ihrem Ziel, ihre Wurzeln zu finden, näher?

Überhaupt nicht! Du drehst dich im Kreis, meine Liebe, meldet sich ihr Kopf verärgert.

Um sich von ihren negativen Gedanken abzulenken, kramt sie den Zettel mit den möglichen Reiserouten durch Sizilien und den Touristenfallen noch mal aus ihrer Tasche und beginnt zu lesen. Allerdings ist das, was sie da liest, nicht besonders beruhigend. Sie erfährt von Straßenkünstlern, die einen während der Vorführung bestehlen, und anderen beängstigenden Dingen. Langsam lässt sie den Zettel sinken. War diese Reise wirklich die richtige Entscheidung? Heimweh überkommt sie. Vielleicht sollte sie ihre Eltern anrufen und die Reise abbrechen? Nein, das kann sie nicht machen, oder? Nun ja, um ehrlich zu sein, kann sie das sehr wohl. Ihre Eltern wären wahrscheinlich erleichtert, ihr Kind wieder in die Arme zu schließen. Wäre das wirklich eine Option? Sie sieht wieder aus dem Fenster und erblickt erneut vereinzelte Sterne am Himmel. Dieser schöne Anblick bringt Angelicas Kopf zum Schweigen und ein kurzer Moment der Stille entsteht. Ihr Herz nutzt die Gelegenheit und zieht Angelica aus dem gedanklichen Schneckenhaus, in dem sie drauf und dran war, sich endgültig zu verlieren.

Ich habe Theo etwas versprochen und ich habe vor, es zu halten, flüstert sie und fasst wieder Mut. *Ich werde es ja wohl noch schaffen, nach Sizilien zu kommen, einen wunderschönen Sternenhimmel zu sehen, und dabei ... dabei werde ich irgendwie auch noch den Weg zu meinen Wurzeln finden.*

Sie hat noch keine Ahnung, wie sie das machen wird. *Aber das spielt auch keine Rolle!* Sie ist fest entschlossen. Zumindest in diesem Augenblick. Jetzt gerade vertraut Angelica darauf, dass alles seine Richtung finden wird. Sie erinnert sich an die Reiseregeln ihres Vaters und schickt einen kleinen Wunsch zu den Sternen:

Ich wünsche mir, dass sich schon alles irgendwie finden wird und ich mein Versprechen einhalten kann, okay?

Da, schau her ... Sie beginnt zu wünschen. Damit kann man arbeiten, stellt das Universum schmunzelnd fest. Es blickt auf Angelicas Stundenglas, und für einen kurzen Moment spiegelt sich an der Oberfläche ein Bild aus der Zukunft: Zwei Hunde tollen unter dem Sternenhimmel herum und eine Frau in roten Cowboystiefeln lächelt Angelica freundlich zu. „Es wird sich schon alles finden und sie so zu ihrer Seelenaufgabe führen", flüstert das Universum. Es wendet seinen Blick vom Stundenglas ab und sieht gedankenverloren in die Ferne. Die Welt ist unglaublich hilfsbereit, solange man wünscht und sich auf den Fluss des Lebens einlässt. *Angelica hat ihre Reise mit ihrem Wunsch gerade um ein Vielfaches einfacher gemacht,* bemerkt das Universum zufrieden.

In der Zwischenzeit ist die schwarzhaarige Frau aufgestanden und hat den Speisewagen verlassen. Das Ei, das vor ihr stand, hat sie nicht angerührt. Angelica wundert sich, doch einige Minuten später kommt die Frau bereits wieder zurück. Etwas scheint sich verändert zu haben. Nun trägt sie eine Aura der Selbstsicherheit mit sich.

„Attenzione, attenzione, senoritas y senores, ladies and gentlemen, meine Damen und Herren! Was Sie nun sehen, ist mein großes Zauberkunststück – nur für Sie!"

Nach einer Begrüßung in vielerlei Sprachen ist sie letztendlich bei Italienisch gelandet. Angelica beherrscht die Sprache gut – ein Andenken an ihre zweite Heimat.

Eine Traube von Menschen ist der Schwarzhaarigen in den Speisewagen gefolgt. Weitere Fahrgäste kommen aus der anderen Richtung, als sie hören, dass es etwas zu sehen gibt. Alle sind neugierig, was die quirlige kleine Latina nun wohl vorzeigt. Sie setzt einen Hut auf und geht direkt auf ihren Platz zu.

„Ich werde Ihnen nun etwas noch nie Dagewesenes zeigen. Etwas, wozu selbst die größten Zauberer nicht fähig gewesen wären. Und das alles mit dem geheimnisvollsten und außergewöhnlichsten Gegenstand auf dieser Welt."

Sie nimmt den Hut ab und hält ihn sich vor die Brust. Dann blickt sie von links nach rechts in die Menge und legt ihren Zeigefinger auf die Lippen, um die Leute um

Ruhe zu bitten. Der Raum knistert vor Spannung. Sogar der missmutige Mann hebt seinen lethargischen Blick vom Bier und sieht neugierig auf die junge Frau. Als man nur noch das Rattern des Zuges hört, setzt sie den Hut wieder auf und zeigt mit einer theatralischen Bewegung auf ihr Frühstücksei.

Die spannungsgeladene Stille entlädt sich in Gelächter.

„Ein Ei?“

„Das war's?“

„Nichts weiter?“

„Moment, Moment, etwas Geduld, meine Damen und Herren“, entgegnet die Frau empört über ihr Publikum.

Schneller, als das Auge ihrer Hand folgen kann, wirft die Zauberin das Ei mit einer flinken Bewegung in die Höhe. Die Zuschauer folgen dem Ei, wie es einen Bogen in der Luft beschreibt. Doch nichts, was nach oben fliegt, bleibt lange dort, und so verlangt die Schwerkraft nach dem Ei und es landet ... zwischen den Lippen der jungen Frau. Nur noch die Oberseite blickt aus ihrem Mund und schon im nächsten Augenblick hat sie es zum Staunen der Zuschauer ... verschluckt. Mit einem Grinsen hebt sie den Hut von ihrem Kopf – und darunter befinden sich drei Eier.

Die Anwesenden lachen.

Sie nimmt die drei Eier und beginnt damit zu jonglieren. Dabei steigt sie auf die Bank, auf der sie gerade gesessen hat, und macht einen großen Schritt direkt auf Angelica zu. Schnell rutscht die zur Seite, während die Jongleurin vor ihr in die Hocke geht und die Eier vor ihr rotieren lässt. Dann wirft sie die Eier in einem hohen Bogen in die Luft und fängt das erste mit dem Hut und die anderen beiden mit jeweils einer Hand auf. Sie schiebt Angelicas Tasche auf die Seite, setzt sich neben sie hin und wischt sich gespielt erleichtert über das gelungene Kunststück mit dem Handrücken über die Stirn. Das Publikum applaudiert. Dann packt sie die Eier in den Hut und will ihn sich aufsetzen. Doch im letzten Moment hält sie ihre Bewegung auf, während das Publikum lacht. *Das hätte fast Eierspeis[1] gegeben,* stellt Angelica grinsend fest.

Schließlich holt die Jongleurin die Eier wieder aus dem Hut und legt sie sorgsam aufgereiht vor Angelica auf den Tisch. Sie streicht sich die Haare aus dem Gesicht, legt einen Finger auf die Lippen und bittet die Anwesenden erneut um Ruhe. Mit einer eleganten Handbewegung holt sie ein großes Gänseblümchen aus Stoff aus der Tasche.

„Für Sie, schöne Frau“, sagt sie grinsend und steckt Angelica das Gänseblümchen ins Haar. Dann beugt sie sich zu ihr und flüstert: „Wirf die Eier zu mir!“

---

1. Österreichisch für: Man nehme mehrere Eier, vermische sie in einer Pfanne mit zerlassener Butter und füge nach Belieben Salz und Pfeffer dazu. Für die ganz abenteuerlichen gibt es auch die Variante mit Kürbiskernöl.

Verblüfft sieht Angelica sie an. Doch die junge Frau hat bereits den Hut von Angelicas Tasche genommen, aufgesetzt und sich mit einem großen Schritt auf den Tisch des Biertrinkers zu begeben. Dort wartet sie in Habachtstellung und zwinkert Angelica zu. Unschlüssig blickt diese auf die Eier. Aber die anderen Passagiere sind sichtlich in Fahrt gekommen. Sie applaudieren rhythmisch. *Na, was habe ich schon zu verlieren? Schließlich muss ich die Eier ja nicht fangen*, denkt sich Angelica.

Sie wirft die Eier in rascher Folge der Jongleurin zu, die sie auffängt und wieder kreisen lässt, während Angelica das Gänseblümchen aus dem Haar fällt.

Statt des griesgrämigen Ausdrucks macht sich nun ein kleines Lächeln im Gesicht des Mannes, der gerade noch über seinem Bier gebrütet hat, breit. Mit einer flinken Bewegung ihres Handgelenks wirft die Jongleurin die Eier hoch in die Luft. Das Publikum folgt den Eiern mit seinen Blicken und wartet gespannt auf das nächste Kunststück. Mit gekünstelt ungelenken Bewegungen fängt die Zauberin mit je einer Hand ein Ei und schubst mit dem Fuß den Bierkrug in die Richtung des dritten Eies.

Platsch, das Bier spritzt nach allen Seiten.

„Oh, entschuldigen Sie bitte, *das* gehörte nicht zum Plan“, sagt sie schelmisch lächelnd, setzt den Krug an und trinkt den Rest in einem Zug aus. Als sie den Bierkrug wieder absetzt, balanciert sie das Ei auf den

Lippen und nuschelt: „Gar nicht so schlecht, Ihr Bier, der Herr."

Das Publikum lacht, während der Mann verdutzt auf sein leeres Bier schielt. Mit einem kräftigen Nicken lässt die Frau das Ei im hohen Bogen in ihre Hand fallen. Doch da sind es plötzlich nur noch zwei Eier statt drei. Entsetzt blickt sie auf ihre Hand und zieht die Augenbrauen zusammen.

„Mooooment, wo ist mein drittes Ei?"

Misstrauisch sieht sie von ihrer Hand zum Biertrinker.

„Das haben Sie mir doch geklaut, oder? Geben Sie's zu! Mein wertvolles Ei. Her damit!", sagt sie anklagend und hält die Hand wie eine Pistole auf den verwirrten Mann. Heute noch des Diebstahls eines Eies beschuldigt zu werden, das hätte er wohl nicht für möglich gehalten. Er hebt abwehrend die Hände und schüttelt den Kopf. Dann beginnt er zu grinsen. Es wirkt, als würde er langsam Gefallen daran finden, im Rampenlicht zu stehen, auch wenn es auf seine Kosten geht. Das scheint zumindest besser zu sein, als allein sein Bier zu trinken.

„Na, ich weiß nicht, ich glaube, hier muss ich selbst nachforschen. Darf ich?", fragt die Jongleurin und stupst den Mann mit der Zeigefingerpistole gegen die Jacke.

Zögernd nickt er, hadert sichtlich mit dem, was da wohl noch kommen mag.

Die Latina beugt sich zu dem Mann hinunter und tastet ihn flink mit beiden Händen ab.

„Ha! Wusst' ich's doch! Sogar ein Bonus-Ei hat der Gute dabei!“

Unter den verblüfften Augen des Publikums zieht sie mit einer Hand zwei Eier aus der Innentasche des geöffneten Mantels. Der Mann blickt verdutzt auf seine Jacke und die Zuschauer lachen schallend vor Begeisterung.

Die junge Frau lässt die Eier ein weiteres Mal tanzen, während sie mit großen Schritten an ihren Tisch mit dem Eierbecher zurückspaziert, wo alles angefangen hat.

Mit einigen flinken Bewegungen fängt sie die vier Eier mit den Händen auf und legt sie auf den Teller vor sich hin. Die Menge applaudiert. Die Frau stellt sich auf die Bank und verbeugt sich lächelnd. Dann bittet sie um Ruhe.

„Meine Damen und Herren, ich muss Sie leider enttäuschen. Ihnen allen ist mein Zauberkunststück komplett entgangen. Denn das, was Sie gerade gesehen haben, ...“ Sie blickt geheimnisvoll in die Runde „... war nur die Ablenkung.“

Die Reisenden schauen sich verwirrt und amüsiert gegenseitig an.

„Zuerst einmal: der Herr da drüben mit dem Bier. Wenn Sie möchten, gebe ich Ihnen Ihre Brieftasche wieder zurück“, sagt die Jongleurin und holt ein Etui aus einer ihrer Taschen. Sie klappt es auf und sieht kurz hinein.

„Sogar mit den Fotos Ihrer Freundin. Sie ist wirklich hübsch, das muss man ihr lassen!“ Sie holt eine Kreditkarte heraus. „Aber darüber muss ich noch mit Ihnen reden. Ihre Kreditkarten sind bereits alle abgelaufen. Wie soll ich mir da was Schönes kaufen?“

Sie zwinkert dem Mann zu, der sich verdutzt an den Mantel greift und feststellt, dass er tatsächlich seine Brieftasche vermisst. Das Publikum lacht und sie wirft es ihm zurück.

Dann sieht sie Angelica an. „Ach, und junge Dame, Sie haben hier etwas Schönes zum Lesen dabei.“ Sie nimmt den Hut vom Kopf und holt ein kleines Lederteil heraus. Es ist das Buch von Angelicas Mutter. „Nur wenn Sie schon mit dem ganzen Universum in der Tasche reisen, passen Sie doch bitte besser darauf auf. Schließlich leben wir alle darin und es wäre schade, wenn es einfach so aus Unachtsamkeit abhandenkommt.“

Verblüfft sieht Angelica in ihre Umhängetasche, die seltsam weit von ihr entfernt liegt. Lachend wirft die Zauberin ihr das Buch zu und verbeugt sich.

„Meine Damen und Herren, Sie sind auf dem Weg nach Genua. Da gibt es wie überall viele flinke Finger, die wir Taschendiebe nennen. Passen Sie gut auf Ihre Wertsachen auf. Doch vor allem …“ Sie hält sich die Hände ans Herz und breitet sie aus. „… öffnen Sie Ihr Herz. Denn ein Herz kann man nicht stehlen. Und je weiter wir es öffnen, desto mehr schöne neue

Erfahrungen können wir dazugewinnen. Ich hoffe, Ihre Reise etwas freundlicher gemacht zu haben. Wenn dem so ist, dann schenken Sie den Leuten auf Ihrem Weg ein Lächeln ... ich will ja nicht zu viel verraten, aber Lächeln soll ansteckend sein, und vielleicht ändert sich die Welt, wenn wir alle nur genügend lächeln."

Sie zwinkert den Anwesenden zu.

„Und abschließend darf ich Sie nun um eine kleine Spende bitten. Denn seien wir mal ehrlich, von vier Eiern kann man nicht leben, und schließlich sollte ich mir doch meinen Lebensunterhalt nicht mit Stehlen verdienen, oder?", fragt sie augenzwinkernd.

Unter dem Klatschen der Anwesenden sammelt sie mit ihrem Hut etwas Geld. Auch von Angelica bekommt sie ein paar Euro. Langsam verlassen die Leute mit einem Lachen im Gesicht den Speisesaal wieder. Eine ausgelassene und fröhliche Stimmung liegt in der Luft.

Die Frau packt ihre Sachen in einen Rucksack und schwingt sich überraschend auf die Bank gegenüber von ihr. Dort nimmt sie eines der vier Eier und legt es neben Angelicas Tasse mit dem mittlerweile kalten Kakao. Dann streckt sie ihr die Hand entgegen und sagt: „Marlena."

Verdutzt schaut Angelica auf ihre Hand. Sollte sie ihr vertrauen? Das Mädchen hat ihr immerhin gerade etwas gestohlen. Doch auf der anderen Seite ... Sie hat es wieder zurückgegeben. Sie nimmt Marlenas Hand und schüttelt sie freundlich.

„Angelica.“

Anscheinend war es das vorerst mit der Unterhaltung. Marlena ist viel zu sehr damit beschäftigt, ihr Ei zu schälen. Sie bedeutet Angelica, sie solle dasselbe tun. Angelica hat zwar keine große Lust auf ein gekochtes Ei, aber sie lässt sich darauf ein. Stück für Stück entfernt sie die Schale und muss lachen, als sie sieht, was darin ist: kein Eidotter, sondern ein kleines, sehr süßes Stoffküken.

„Danke.“

Marlena zwinkert ihr zu.

„Wer bist du und wo willst du hin?“, fragt sie dann ernst. Small Talk scheint nicht ihre große Stärke zu sein, wenn sie gerade keinen Auftritt hat, stellt Angelica fest. Sie sieht aus dem Fenster und überlegt. Was soll sie darauf antworten?

9.

Wie ehrlich soll ich sein? Kann man jemandem vertrauen, der einen bestiehlt, und sei es nur, um ein Lächeln in das Gesicht anderer Menschen zu bringen?, grübelt Angelica.

Ihr Herz schmunzelt und zwinkert Marlena verlegen zu. Es muss zugeben, dass es ein bisschen verliebt in dieses fremde Herz ist. Zaghaft streckt Angelicas Herz die Hand nach Marlenas Herz aus und die beiden berühren sich. Ein kleiner Blitz entsteht, und ihr Herz erkennt, was es schon viel früher geahnt hat. Ja, von diesem Herz kann sie etwas lernen. Entschlossen wendet sich Angelicas Herz seiner Besitzerin zu: „So, meine Kleine, wir beide werden uns jetzt für diese Frau öffnen, hörst du?"

Angelica sieht Marlena zuerst noch unsicher an, doch dann spürt sie etwas, das ihre Angst davonbläst. Eine

Entschlossenheit, die ihr selbst neu scheint, und schon purzeln die Worte aus ihr raus.

„Ich bin Angelica aus Wien. Das ist meine erste große Reise und es geht in das Land meiner Herkunft: Sizilien. Ich bin auf der Suche nach meinen ... Wurzeln." Erschreckt macht sie eine Pause. Laut ausgesprochen wirkt dieser Gedanke immer noch ein wenig abstrus auf sie. „Was *genau* das heißen soll ... weiß ich allerdings auch noch nicht." Sie kichert verlegen.

Marlena lässt sich davon nicht ablenken und sieht Angelica schweigend in die Augen. Der kommt es vor, als schaute ihr Gegenüber ihr tief in die Seele, um zu prüfen, wer sie ist. Es ist diese Art von Blick, der zunehmend unbehaglicher wird.

„Soso, eine junge Frau, die keinen Plan hat, wohin sie will, und einfach so ohne Grund in ein fremdes Land aufbricht." Marlenas Augen verengen sich und Angelica wird plötzlich rot im Gesicht. Als ihr der Blick zu unangenehm wird, dreht sie den Kopf beschämt zur Seite. „Wenn man das so betrachtet", flüstert sie.

Doch im nächsten Moment hört sie ein Glucksen und dreht sich zu Marlena, die ein breites Grinsen im Gesicht hat. „Das gefällt mir, das gefällt mir sogar sehr! Ich begleite dich ein Stück!"

Angelica ist verblüfft. „Du willst mit mir mitkommen?"

„Möchtest du denn nicht, dass ich dich begleite?"

Von jetzt auf gleich steht das Angebot einer Reisepartnerin im Raum und das noch dazu von einer äußerst ungewöhnlichen Frau, die Eier am Stück verschlingen, zaubern und Leute bestehlen kann. Angelica weiß nicht so recht, was sie davon halten soll. Plötzlich spürt sie wieder diese innere Entschlossenheit und langsam hat sie den Verdacht, dass es sich auszahlen könnte, ab und zu auf diese Gefühle zu hören.

Sie zuckt mit den Schultern. „Na ja, warum nicht?"

„Na ja, warum nicht ...", äfft Marlena sie nach.

„Also, Leute in deinem Leben willkommen zu heißen, das musst du noch ein bisschen üben, Kleine!", tadelt sie Angelica gespielt.

Angelica lacht. Die tadelnde Art und Weise passt überhaupt nicht zu dieser lebensfrohen Frau. Und außerdem, was heißt hier *Kleine?* Sie ist einen ganzen Kopf größer als Marlena. Dann wirft sie das Stoffküken nach Marlena. Sie fängt es gekonnt auf und mit einer theatralischen Bewegung hält sie es mit zwei Fingern über ihren Kopf.

„Hey ... nicht", ruft Angelica noch perplex, aber schon im nächsten Moment lässt Marlena das Stoffküken fallen und es verschwindet in ihrem Mund.

„Das ... kannst du doch nicht machen – das war meins!", stößt Angelica aus und ist dabei selbst von ihrer eigenen Empörung überrascht.

Aber Marlena beachtet ihren Einwand gar nicht. Stattdessen hebt sie den Zeigefinger, sieht in die Luft, kaut nachdenklich.

„Könnte noch ein bisschen mehr Würze vertragen."

Wieder muss Angelica lachen. Dann öffnet Marlena ihren Mund und zieht eine bunte kleine Feder heraus. Diese gibt sie ihr mit gespielt angewiderter Miene.

„Wenn du mir das nächste Mal ein Hühnchen servierst, solltest du es vorher rupfen. Diese Hühnchenfedern stören einfach nur beim Essen." Angelica kommt aus dem Lachen gar nicht mehr raus. *Sieht aus, als hätte ich mich für eine großartige Reisepartnerin entschieden,* stellt sie zufrieden fest.

Die beiden albern noch eine Weile rum, bevor sie ins Abteil gehen. Als Marlena ihren Rucksack auf den Gepäckbereich über ihr legt, fällt Angelica auf, dass ihr eigener doppelt so groß ist wie der von Marlena. Zusätzlich zu ihren sonstigen Habseligkeiten scheint sie in ihrem kleinen Gepäck sogar ihre eleganten Zauberrequisiten unterzubringen. Als Marlena ihren forschenden Blick sieht, zuckt sie mit den Schultern: „Je weniger Gepäck, desto mehr Freiheit."

Angelica nickt nachdenklich. *Vielleicht ist da was dran.*

Die beiden haben Glück, denn sie sind noch immer allein im Abteil und so machen sie es sich bequem, indem sie die Sitze herausziehen, bis sie eine Liegefläche haben. Es ist fast wie früher zu Hause, wenn Angelica und Clara gemeinsam einen Mädelsabend verbracht haben. *Das ist doch besser, als allein zu sein,* stellt sie lächelnd fest.

„Und?“, fragt sie. „Jetzt bist du dran: Woher kommst du und wohin willst du?“

Marlena holt theatralisch Luft. „Vor langer, langer Zeit habe ich meinen Weg in Lissabon gestartet. Da habe ich gelernt, was es bedeutet, nach Freiheit zu streben.“ Dann legt Marlena eine Pause ein und sie wird eine Spur ernster, bevor sie fortfährt: „Eines Abends saß ich am Meer und blickte in die Ferne. Es war kein besonderer Tag und vielleicht ist das, was passiert ist, deshalb umso außergewöhnlicher.“ Marlena sieht an die Decke, und kurz wirkt es, als wollte sie nicht mehr weitersprechen. Sie räuspert sich. Es scheint, als gehorchte ihr ihre Stimme nicht mehr. „Es war ... eigenartig. Die Sonne neigte sich dem Horizont zu und tauchte das Meer in die prächtigsten Violetttöne. Es war ein wunderschönes Schauspiel, das mich gefangen hielt. Und dann mit einem Mal tauchte ein ungewöhnlicher Gedanke in meinem Kopf auf: ‚Die Sonne kann nicht sterben. Für sie ist der Untergang nur der nächste Schritt in eine andere Welt.‘“

Gedankenverloren streicht sich Marlena die dunklen Haare aus dem Gesicht. „Ich fragte mich, ob wir Menschen nicht auch öfter zu anderen Welten aufbrechen sollten, statt andauernd an einen Ort gebunden zu sein. Mir wurde klar, dass wir irgendwie

Angst vor unserem eigenen Untergang und dieser neuen Welt haben." Erneut macht sie eine kleine Pause, bevor ihr Blick von Angelica weggleitet und sie fortfährt: „Denn ist das Aufbrechen in eine neue Welt nicht auch immer ein bisschen ein Verlust unserer altbekannten Welt?" Mit einer Handbewegung, als verscheuchte sie einen lästigen Gedanken, fährt sie fort: „Aber gut, manchmal muss man Dinge hinter sich lassen, um hinter seinen Horizont blicken zu können und neue Welten zu entdecken. Also habe ich mich damals entschieden, meine Sachen zu packen, um nach Freiheit zu streben, und ja ... seither bin ich auf Reisen."

Angelica sieht sie bewundernd an. „Und wohin gehst du jetzt?"

„Wohin auch immer mich der Wind treibt. Denn wie sonst sollte man sich durchs Leben bewegen?"

Und damit scheint das Gespräch für Marlena beendet zu sein. Sie rollt sich auf ihrer Seite der Bank zusammen und stellt sich schlafend.

Doch kurz darauf öffnen sich ihre Augenlider noch einmal.

„Dass du hübsch bist, weißt du, oder?"

Ohne auf eine Antwort zu warten, schließt sie mit einem Lächeln wieder die Augen. Und während Angelica noch verblüfft über die eigenartige Form der Unterhaltung ist und leicht errötet, hört sie schon ein leises Schnarchen. Sie dreht sich lächelnd zur Seite und legt einen Pullover als Kissen unter ihren Kopf. Das ist wirklich eine außergewöhnliche Reisepartnerin. Ob nun außergewöhnlich seltsam, außergewöhnlich schön, außergewöhnlich aufregend oder außergewöhnlich schräg? Das gilt es noch herauszufinden. Mit diesen Gedanken entschlummert sie schließlich überraschend schnell ins Reich der Träume.

Am nächsten Morgen wird Angelica von warmen Sonnenstrahlen, die ihre Nase kitzeln, geweckt. Mit geschlossenen Augen streckt sie sich und stellt verblüfft fest, dass ihre Hände gegen eine Wand greifen. Was ist denn das? Wie gestern schon dringt wieder das Rattern des Zuges in ihr Bewusstsein und sie öffnet die Augen. Durchs Zugfenster erkennt sie eine wunderbare grüne Landschaft, die im Sonnenschein erstrahlt. *Das müsste schon Italien sein, oder?* Ein Blick auf die Uhr bestätigt ihre Vermutung. In wenigen Stunden wird sie in Genua ankommen. In einer Stadt mit einem Horizont aus dem unendlichen Blau des Meeres.

Auf einmal überkommt sie ein eigenartiges Gefühl und sie schrickt aus ihren Träumereien auf. *Sollte nicht noch jemand im Abteil sein?* Aber weder von Marlena noch von ihrem Gepäck ist etwas zu sehen. *Komisch. Ist sie einfach so verschwunden?* Das Gefühl einer unguten Vorahnung wird immer stärker. Angelica versucht es weiter zu ignorieren, zuckt mit den Schultern und holt sich etwas zu trinken und zu essen aus ihrem Rucksack. Dann setzt sie sich vors Fenster und genießt die Aussicht, während sie genüsslich ihr Mitbringsel aus Wien verspeist. Das seltsame Gefühl verschwindet nicht, doch die Topfengolatsche[2] von ihrem Lieblingsbäcker schmeckt wie immer einfach himmlisch und lässt sie kurz alles andere vergessen. *Jetzt fehlt nur noch ein Kakao dazu.* Sie greift nach ihrer Tasche, in der sie ihr Geld und die anderen Wertsachen aufbewahrt, um sich damit auf den Weg in den Speisewagen zu machen. Als sie die Tasche hochhebt, fühlt sie sich irgendwie seltsam an … Eigentümlich leicht. Und aus der dunklen Vorahnung von vorher wird jetzt Panik. Nervös kramt sie in ihrer Tasche, auf der blinden Suche nach ihren Wertsachen. *Verdammt!* Ihr Pass und ihre Brieftasche sind verschwunden. Wie kann das passiert sein? Sie rekapituliert, wie sie gestern die Tasche auf den Sitz gestellt und sich danach mit ihrer neuen Freundin schlafen gelegt hat. Wie der Blitz fällt ihr der passende Name ein.

„Marlena!“, ruft sie erbost in das leere Abteil.

Wo bist du, du Diebin?!

Kann das wirklich sein? Sie erschien ihr doch so sympathisch. Aber welche andere Erklärung sollte es

---

2. Eine österreichische Süßigkeit. Man stelle sich eine Käsetorte ohne Tortenboden in Blätterteig gepackt vor.

sonst geben? Angelica fängt sich schnell wieder. Eventuell kann sie die Zauberin noch irgendwo im Zug finden.

Dann werde ich meine Sachen zurückfordern! Im schlimmsten Fall mithilfe des Schaffners und der Polizei, stellt sie entschlossen fest. Sie wirft sich die Umhängetasche über und marschiert in Richtung Speisewagen. Dabei schaut sie in jedes Abteil, an dem sie vorbeikommt, auf der Suche nach der Zauberin. Doch Marlena ist nirgendwo zu sehen. Nur aus dem Fenster starrende Menschen oder Eltern, die mit ihren Kindern spielen. Es scheint eine friedliche Stimmung zu herrschen, für die Angelica gerade weder Augen noch Ohren hat. Sie sucht Marlena und ihre Brieftasche mit dem Ausweis. Denn ohne den müsste sie die Reise abbrechen, und dazu hat sie überhaupt keine Lust mehr. Ihr Abenteuer hat gerade erst begonnen!

Das Herz schüttelt sich irritiert. Das kann doch gar nicht sein! Es kann nicht glauben, dass Marlena dazu fähig wäre. Da war eine so schöne Verbindung zwischen den beiden Herzen. So etwas kann man nicht vortäuschen, oder? Allerdings sprechen die Fakten gegen Marlena und der Kopf kann manchmal sehr überzeugend in seiner Argumentation sein, vor allem, wenn es darum geht, Misstrauen zu schüren. Das Herz wird langsam traurig und fängt wieder an sich zu verschließen. Es hat eigentlich gehofft, dass Angelica eine neue Freundin für gemeinsame Abenteuer gewinnt. Jetzt, da es enttäuscht wurde, ist es ihm ganz unverständlich, wie es sich überhaupt so schnell für eine potenzielle neue Freundschaft öffnen konnte. Es bekommt ein ähnliches Gefühl wie damals, als es zum Bruch der Freundschaft mit Clara kam. Es muss sich wohl eingestehen, dass immer die Gefahr einer neuerlichen Verletzung besteht, egal ob man sich für jemand Neuen öffnet oder eine jahrelange Freundschaft plötzlich vorbei ist.

Angelica ist am Speisewagen angekommen. *Das kann doch nicht sein,* bemerkt sie verärgert und erleichtert zugleich. An einem Tisch, die Ruhe selbst, sitzt Marlena und trinkt genüsslich einen Kaffee. Sie sieht zufrieden aus dem Fenster und genießt die Fahrt.

Wutentbrannt stürzt Angelica auf sie zu.

„Wo sind meine Brieftasche und mein Pass?!“

Marlena blickt sie etwas verwirrt, aber schweigend an. Dann greift sie seelenruhig in ihren Rucksack, holt sowohl die Brieftasche als auch Angelicas Pass heraus und legt beides ruhig vor ihr auf den Tisch.

„Hier ... aber warum bist du so wütend?“

„Das fragst du noch? Du klaust mir einfach meine Wertsachen und willst dann wissen, warum ich wütend werde?“

Marlena blickt Angelica einige Sekunden schockiert an. Dann bekommt sie einen Lachanfall. Sie kriegt sich gar nicht mehr ein. Das macht Angelica nur noch wütender.

Wie kann Marlena es wagen, sie auszulachen? Die scheint sich für ihre Wut überhaupt nicht zu interessieren. Stattdessen lacht und lacht und lacht sie vor sich hin. Nach einer kurzen Weile kriegt sich Marlena wieder ein und wischt sich die Tränen aus den Augen.

Angelica kocht vor Wut. Sie ist drauf und dran, ihrer neuen Bekanntschaft eine Ohrfeige zu verpassen. Diese beobachtet sie nur entspannt und sagt dann ruhig: „Setz dich doch."

Aber Angelica ist nach wie vor wütend. Sie befindet sich in Rage und das Einzige, was sie tun möchte, ist, Marlena ihre Meinung ins Gesicht zu schreien. Sie öffnet den Mund, um loszulegen. Doch Marlena sieht ihr tief in die Augen, wie es nur ganz bestimmte Menschen können. Ihre Stimme ändert sich. Sie hat jetzt einen gutmütigen und dennoch durchdringenden Klang, der direkt in Angelicas Herz dringt.

„Ich sage es dir noch einmal: Setz dich!" Ihr Blick wird immer intensiver und mit einem Mal ganz sanft. „Ich weiß, es ist schwer, aber wenn du dieser Wut jetzt Raum gibst, verlierst du eine gerade erst gewonnene Freundin und das nur, weil du die falschen Schlüsse gezogen hast."

Die Sanftheit in Marlenas Augen und ihre Aussage berühren Angelicas Herz. Durch den ganzen Zorn hindurch strahlt Marlenas Blick wie warme Sonnenstrahlen mitten in ihr verschlossenes Herz, und die Worte hinterlassen einen neuen Keim der Hoffnung. Hoffnung, dass sich ihr Herz doch nicht so sehr getäuscht hat, wie es zwischendurch befürchtete.

Ja, es ist eben nicht immer alles so, wie es scheint, stellt das Universum nachdenklich fest. Es lässt Angelicas Stundenglas auf seinem erhobenen Zeigefinger kreisen, während sich das Sonnenlicht im Glas spiegelt. Dann schmunzelt das Universum, denn es hat den großartigen Vorteil, alles zu sehen. So bemerkt es auch die helle Lichtschwingung, die jeder einzelne Mensch ausstrahlt, wenn er mit sich im Reinen ist, sowie seine dunklen Flecken, wenn er sich selbst untreu ist. Marlena umgibt ein wahres Flickwerk aus allen leuchtend hellen Farben des Regenbogens. Ihr Licht erzählt von einer Geschichte, die nicht immer einfach war. Und von einem Menschen, der sich trotzdem traut, den Herausforderungen des Lebens mit offenem Herzen zu begegnen. Ein Mensch, der gelernt hat, dass es unglücklich macht, sich zu verschließen ... Das Universum ist beeindruckt von Marlena und ihrem Licht.

Die Hoffnung auf einen guten Ausgang keimt in Angelicas Herz auf und schafft es, die Wut in ihr ein wenig zu stillen. *Na gut, warten wir noch einen Moment, aber wehe, es kommt jetzt nicht etwas richtig Gutes!*, faucht ihr wütender Kopf beleidigt. Zögernd und etwas steif setzt sich Angelica und blickt Marlena weiterhin vorwurfsvoll an. Aber die Zauberin scheint die Gelassenheit selbst zu sein. Sie hebt den Arm und bedeutet der Kellnerin, einen Kakao zu bringen. Dann blickt sie einige Sekunden aus dem Fenster, als wäre ihr wutentbranntes Gegenüber nicht anwesend. Schließlich sieht sie Angelica an und beginnt zu erzählen: „Dort, wo du jetzt gerade bist, fängt alles Leid an. Wenn du diesem Zorn nachgibst, wird er immer mehr und mehr werden."

Hey!, horcht ihr Kopf entsetzt auf. *Das ist unfair! Die kann doch nicht …*

Neugierig betrachtet Marlena Angelica, als wüsste sie ganz genau, was in ihrem Inneren nun passiert. Mit einem schelmischen Blick ergänzt sie: „Es gibt nur wenige Menschen, die nicht auch wütend werden, wenn du sie mit solch einer Energie konfrontierst. Wenn du ihnen mit dieser Wut begegnest, werden sie dir mit ihrer Wut antworten. Und das Schlimmste daran ist … dass du diejenige bist, die auf dem Holzweg ist." Der schelmische Ausdruck weicht einer tiefen Traurigkeit in den Augen und sie schüttelt den Kopf. „Ich war mal wie du …"

Die Erinnerung scheint ihr kurz die Worte zu rauben, aber sie fängt sich und spricht weiter. „Und ich bin froh, dass ich jetzt nicht mehr so bin. Die Welt ist nicht so gefährlich und angsteinflößend, wie dein Kopf es dir oft und gerne vorgaukelt. Es liegt auch nicht unbedingt an den anderen, wie du empfindest. Alles, was geschieht, läuft durch die Filter deiner Wahrnehmung und *du* kannst entscheiden, wie du das Geschehene interpretierst und was somit zu deiner Realität wird. Meistens sind wir uns unserer eigenen Filter gar nicht bewusst, aber wir alle haben diese Filter und so nimmt jeder seine eigene subjektive Realität wahr."

Angelica ist verwirrt. Was soll sie damit nun wieder anfangen? Ihre Wut schöpft neue Kraft und nutzt die Gelegenheit.

„Wieso hast du mich bestohlen?", fragt Angelica geradeheraus und zeigt mit dem Finger anklagend auf Marlena.

„Dich bestohlen?" Die Zauberin muss erneut lachen. Dann wird sie ernst. „Ist dir nicht bewusst, wie absurd das ist? Hast du überhaupt eine Ahnung, mit wem du da redest? Ich bin die Frau, die dir ein Buch aus deiner Umhängetasche gestohlen hat, während weder du noch zwanzig andere Leute irgendwas bemerkt haben, und das, obwohl ihr mich alle beobachtet habt. Glaubst du wirklich, du hättest es gemerkt, wenn ich dich bestohlen hätte? Denkst du tatsächlich, dass ich mich anschließend seelenruhig in den Speisewagen setze und darauf warte, bis du es herausfindest?" Marlena schüttelt ungläubig den Kopf. „Das ist die beste schlechteste Geschichte, die ich je gehört habe. Denk doch mal nach: Bist du wirklich ein lohnenswertes Ziel für mich?“ Sie zwinkert ihr zu. „Ich schätze, dass du vielleicht zweihundert Euro in deiner Brieftasche hast und keine einzige Kreditkarte. Nicht gerade ein Jackpot für eine Meisterdiebin, wenn du mich fragst.“ Sie verdreht die Augen.

Angelica muss zugeben, dass Marlena irgendwie recht hat. In Wahrheit trägt sie noch wesentlich weniger Geld mit sich herum als Marlena vermutet. Gerade mal siebzig Euro. Sie hat ihren Vater gebeten, das mitgegebene Geld auf ihr Konto einzuzahlen. Immerhin kann man ja fast überall mit Karte zahlen, und wenn nicht, kann sie jederzeit und unkompliziert Geld abheben, sollte sie es doch in bar benötigen. Eine einzige Bankomatkarte[3], deren Zugangscode sie im Kopf hat, und keine Kreditkarten befinden sich in ihrer Brieftasche. Sie ist wirklich ein schlechtes Ziel. Marlena hätte sich das Leben auch furchtbar kompliziert gemacht, wenn sie sich zusätzlich mit Angelica angefreundet hätte. Dadurch wäre sie im Falle des Falles automatisch die Hauptverdächtige, vor allem nach der Aufführung gestern. Angelicas Kopf muss sich zähneknirschend eingestehen, dass Marlenas Erklärung plausibel ist. Doch ganz lassen kann er es noch nicht und so hört sich

---

3. Österreichisch für EC-Karte. Mit dieser Bankomatkarte darf Angelica sogar in der ganzen EU gratis abheben.

Angelica selbst sagen: „Aber ... wieso hast du mir dann meine Wertsachen weggenommen?“

Marlena hebt tadelnd den Finger. „Junge Frau, wenn Sie schon auf Reisen unterwegs sind und eine Umhängetasche mit Wertsachen mit sich führen, empfehle ich Ihnen, diese nicht einfach offen im Abteil rumliegen zu lassen. Nicht jeder auf dieser Welt ist böse, in seinem tiefsten Inneren wahrscheinlich sogar keiner, aber man sollte niemandem die Gelegenheit zum Diebstahl geben, indem man die Brieftasche bis in den Gang leuchten lässt.“

Angelica ist verlegen. Es stimmt, sie hat die Umhängetasche einfach so auf dem Sitz liegen lassen, als sie sich gestern hingelegt hatten. Und zwar ... direkt hinter der Glasscheibe neben dem Gang. Es hätte nur jemand die Tür zur Seite schieben, schnell in die Tasche hineingreifen und weitergehen müssen, als wäre nichts gewesen. *Und immerhin hab ich so tief geschlafen, dass Marlena einfach mit meinem Zeug verschwinden konnte.*

„Das heißt ...“, beginnt Angelica.

„... dass du mir lieber überschwänglich dafür danken solltest, weil ich deine Wertsachen sicher verwahrt habe und du in Ruhe ausschlafen konntest. Ja, ich nehme gerne Dankeskarten, eine Umarmung oder auch andere Liebesbezeugungen entgegen. Du kannst frei wählen!“ Marlena breitet die Hände aus, während sie ihr Dankesportfolio aufzählt.

Angelica lacht erleichtert. Schließlich beugt sie sich über den Tisch und drückt Marlena an sich.

„Danke."

„Gerne."

In diesem Moment kommt die Kellnerin mit dem Kakao und stellt ihn vor Angelica ab. Sie nimmt genüsslich einen großen Schluck. Aber jetzt ist sie neugierig geworden.

„Wie hast du das alles gerade gemeint? Vor allem, dass du mal so warst wie ich?"

Marlena kneift etwas die Augen zusammen und fixiert den Kaffee vor ihr. Schweigen erfüllt den Raum zwischen den beiden. Fast wirkt es für Angelica so, als hätte sie vor, die Frage zu ignorieren. Doch dann sieht Marlena sie wieder an und erscheint ihr nun verblüffend ernst.

„Ich war genauso wie du. Ich habe nicht gesehen, wie viel Gutes das Leben für einen bereithält. Stattdessen war ich voller Angst und andauernd damit beschäftigt, mir Sorgen über dieses oder jenes zu machen und andere vorschnell zu verurteilen. Immerhin ..." Marlena greift über den Tisch und nimmt sich Angelicas Tasche. Nach kurzem Kramen holt sie einen kleinen zerknitterten Zettel heraus, den Angelica bei der hektischen Suche nach ihren Wertsachen übersehen hat. *Brieftasche und Pass trinken mit mir Kaffee im Speisewagen – freuen uns über deine Gesellschaft, wenn du ausgeschlafen hast,* steht darauf geschrieben.

„… ist die Wahrheit oftmals gar nicht so weit entfernt, wie wir glauben."

Als Angelica den Zettel sieht, muss sie schlucken. Marlenas Ansprache tat ihr etwas weh und dennoch bringt sie irgendwie etwas in ihr zum Schwingen.

Ihr Herz ist erleichtert, auch wenn das harte Worte waren. Zumindest scheint es sich doch nicht in Marlena getäuscht zu haben. Es muss zugeben, dass es kurz gezweifelt und sich für einen kleinen Moment verschlossen hat. Nun, als es bemerkt, dass sich Marlena und Angelica wieder näherkommen, öffnet es sich langsam. Stück für Stück wird es wieder empfänglich für die Welt. Jetzt ist es auch wieder bereit zu hören, was Marlena zu erzählen hat.

Diese setzt die Tasse ab und streicht sich über die Oberarme, als fröstelte es sie plötzlich. Dann erzählt sie weiter: „Meine Eltern sind reich. Du hast keine Ahnung, wie reich. Unsere Villa hatte zwanzig Zimmer und ich hatte mehrere Pferde. Doch trotz des ganzen Besitzes war ich seltsamerweise nicht glücklich. Ich hatte andauernd Angst, dass mir jemand etwas wegnehmen könnte oder dass mich jemand nur wegen des Geldes mochte. Aber meine größte Angst war es, den Erwartungen meiner Eltern nicht zu entsprechen." Sie zögert weiter zu erzählen, und es wirkt, als hätte sie diese Geschichte noch nicht oft erzählt. „Mein Vater ist ein erfolgreicher Geschäftsmann und ich wollte es ihm immer recht machen ... wusste aber nicht wirklich, wie ich das schaffen sollte. Bis mir der Kragen platzte! Seitdem ... verstehen wir uns nicht mehr besonders gut."

Marlena sieht zur Seite, um eine kleine Träne zu verbergen, die sich in ihrem Augenwinkel formt. Hastig wischt sie diese weg.

„Dann, eines Nachts, war ich auf dem Weg zu einer großen Party, einer Strandbar in der Nähe der Praia de Carcavelos. Als ich den Sandstrand entlangging, hörte ich jemanden auf einer Gitarre spielen. Was ich hörte, war ein Lied reinster Freude. Ein Lied, in dem es darum ging, die Welt zu umarmen, den Menschen mit einem offenen Herzen zu begegnen und die Liebe strahlen zu lassen. Etwas daran berührte mich und ich folgte den Klängen, die mich durch die Nacht zu einem Straßenmusiker führten. Der alte weißhaarige Mann saß einfach im Sand direkt am Meer und spielte. Er war ganz allein – nur er und die Klänge seiner Gitarre. Doch das schien ihm egal zu sein, denn er spielte das Lied nicht für andere, sondern für sich und vielleicht für etwas Größeres, das ihm zuzuhören schien. Irgendwie hatte ich den Eindruck, dass die Sterne durch seine Musik heller leuchteten. Als ich näher kam, sah ich, dass er die Augen geschlossen hatte. Ich setzte mich still und leise neben ihn. Und in diesem Moment passierte es. Mein Herz öffnete sich. Es war zu dieser Zeit hauptsächlich damit beschäftigt, Menschen zu prüfen, ob sie mir beim Erreichen meiner Ziele helfen konnten oder mir vielleicht etwas wegnehmen wollten. Aber das änderte sich in diesem Augenblick schlagartig. Für einige wenige Sekunden fühlte ich die Schönheit, die dieser alte Mann mit der Gitarre spürte, während er spielte. Die Welt leuchtete in den wunderbarsten Farben und das, was bis vor Kurzem noch eine gewöhnlich graue Nacht für mich war, wurde ein Feuerwerk der Freude. Und das alles nur ... weil sich mein Herz geöffnet hat."

Marlena sieht aus dem Fenster und schweigt. Sie scheint in den Erinnerungen versunken zu sein und alles um sich herum, auch Angelica, komplett vergessen zu haben. Dann dreht sie sich wieder zu ihr. Tränen rinnen aus Marlenas Augen und hinterlassen Spuren auf ihren Wangen. Doch sie wischt sie nicht ab. Sie lässt sie einfach fließen und lächelt. Ein stolzer Ausdruck liegt in ihren Augen. Wie bei einem Menschen, der einiges durchmachen musste, bis er an den Punkt kam, an dem Tränen nichts mehr sind, wofür man sich schämen muss, weil sie eher ein Zeichen für Offenheit sind, die man sich hart erarbeitet hat, als ein Zeichen von Schwäche. Marlena lässt all das unkommentiert und fährt mit ihrer Geschichte fort, als wäre nichts passiert. Angelicas Herz sieht dabei zu und nickt lächelnd. Es beginnt auf eine Art und Weise zu verstehen, wie es nur Herzen können.

„Als der alte Mann zu spielen aufhörte, saßen wir beide lange schweigend da. Wir sahen auf das dunkle Meer und genossen die Stille. Ich wusste nicht einmal, ob er mich bemerkt hatte, denn er gab es mit keiner Faser seines Seins zu erkennen. Von Zeit zu Zeit spielte er ein neues Lied. Jedes war erfüllt von einer immensen Freude und einer tiefen Liebe für das Leben. Mir wurde klar, dass ich trotz meines ganzen Reichtums ein armer Mensch war im Vergleich zu dieser Fülle an Liebe und Freude, die dieser Mensch anscheinend in jedem Moment verspürte." Marlenas Finger streichen zärtlich über die Kaffeetasse und ihr warmherziger Blick wandert zu Angelica. Er ist auf eine Art und Weise sanft, wie sie es noch nie zuvor bei einem Menschen erlebt hat.

„Gewisse Dinge muss man, glaube ich, einfach erleben, um sie zu verstehen", sagt sie leise und räuspert sich, bevor sie fortfährt: „Als die Morgendämmerung über das Meer kam und alles in rötlich-gelbes Licht tauchte, stand er auf. Er drehte sich um und ging an mir vorbei. Dabei macht er kurz eine Paue bei mir. Als ich ihn genauer betrachtete, sah ich, dass er blind war. Er lächelte selig und sagte: ‚Meine Augen mögen blind sein, doch dafür sehe ich die Welt mit dem Herzen.' Er hob kurz den Kopf und blickte mit seinen blinden Augen auf das Meer. Als er sich mir wieder zuwandte, schien sein Lächeln noch breiter geworden zu sein. ‚Man muss nicht blind sein, um die Liebe im Leben zu sehen und im Reichtum der Freude zu schwimmen. Ob du das tust oder nicht … das liegt alleine bei dir.‘ Er beugte sich zu mir herunter und gab mir einen Kuss auf die Stirn. Und das alles machte er mühelos, ohne je zu sehen, was rund um ihn geschah. Dann lachte er tief und warm. Ich hatte den Eindruck, als würde es über das Meer reisen, mit dem Wind einmal um die Welt segeln und von der anderen Seite wieder zurückkommen. Es war ein Lachen, das die gesamte Erde umarmte und mich direkt ins Herz traf. So ging er fort und hinterließ in mir ein Sehnen nach der wahren Freude am Leben.“

Marlena wischt sich die Tränen aus den Augen. Dann lächelt sie. „Jeden Morgen, wenn ich aufstehe, prüfe ich mich und höre auf mein Herz. Ich denke an diesen Mann, an seine Lieder, seine Liebe, seine Freude, sein Lachen. Dann frage ich mich, was ich tun kann, um auch nur einen Hauch dieser Liebe, Freude und des Lachens zu spüren und weiterzugeben, wie ich es damals bei ihm gesehen habe. Jeden Abend, bevor ich zu Bett gehe, lasse ich den vergangenen Tag Revue passieren und höre in mich hinein, ob es mir gelungen ist. Möglicherweise werde ich nie so weit kommen wie er. Vielleicht ist das auch gar nicht notwendig. Aber vielleicht … vielleicht schaffe ich es, Tag für Tag ein Stück mehr in diese Freude, diese Liebe und dieses Lachen zu kommen, bis es mir eines Tages gelingt, am Meer zu sitzen und meine ganz eigene Melodie zu spielen. Die Töne werden dann möglicherweise andere Leute dazu inspirieren, zu ihrer Liebe und ihrem Lachen zu finden."

Marlena schweigt. Sie scheint alles gesagt zu haben und sieht still aus dem Fenster, während sie die Tasse mit dem dampfenden Kaffee in beiden Händen hält. Angelica bemerkt, wie ihr, berührt von der Erzählung, eine Träne über das Gesicht gelaufen ist, und wischt sie heimlich weg.

Was ihr Herz da gerade spürte, war die völlige Offenheit eines Menschen, den sie erst seit einigen Stunden kennt. Und das, obwohl sich ihr Herz vor diesem Menschen selbst vor Kurzem aus Angst verschlossen hat. Obwohl sie so berührt ist – oder vielleicht gerade deswegen –, spukt ihr noch eine Frage im Kopf herum.

Zaghaft fragt sie: „Die Geschichte ist wunderschön. Aber was ... hat das mit mir zu tun?"

Ihr Herz vibriert in ihrer Brust. Es versteht, dass dies einer dieser Momente ist. Einer dieser Momente, die der Kopf nie verstehen wird. Einer dieser Momente, der das eigene Sein verändern kann – vielleicht wird es nur ein kleiner Moment sein. Doch so wie kleine Steine eine Lawine auslösen können, so können auch kleine Momente das ganze Leben verändern. Nachher wird nichts mehr so sein, wie es vorher war. Und das Herz freut sich auf diese Veränderung. Denn es spürt noch immer die Freude und Liebe, die Marlena in der Erzählung der Ereignisse ausgesendet hat.

Marlena blickt Angelica direkt in die Augen. „Wenn du und dein Kopf Schlüsse zieht und dein Herz sich mit euch von Anfang an verschließt, dann wirst du nie fähig sein, die Liebe, Freude und das Lachen in jedem Moment zu erleben.“ Etwas Aufforderndes liegt in ihrem Blick, als sie nach einer kleinen Pause weiterspricht: „Du entscheidest dich, mit welchem Filter du die Welt sehen möchtest und wie deine Realität aussieht, ob du den Menschen mit offenem Herzen begegnest oder dich vor ihnen verschließt und eine negative Reaktion praktisch einforderst.“

Eine Träne rinnt über Angelicas Wange. Marlena beugt sich über den Tisch und gibt Angelica einen Kuss auf die Stirn. In der gleichen Art und Weise, wie sie damals vom blinden Mann geküsst wurde.

Ja! Genau das ist es, was Angelicas Herz ihr schon seit Monaten zu erklären versucht. Auch wenn es zugeben muss, dass es ihm selbst manchmal nicht so leicht fällt und der Kopf oft sehr überzeugend sein kann, dieses ständige Verschließen und diese riesige Angst vor dem Fühlen werden sie nicht weiterbringen. Stattdessen muss sie der Welt mit offenem Herzen begegnen, wenn sie ihr Leben in Freude, Liebe und Lachen verbringen möchte.

Diese Erkenntnis strahlt voller Energie von ihrem Herzen aus und jagt Glücksgefühle durch ihren Körper. Dann beginnt Angelica selig vor sich hin zu grinsen. Mehr kann sie derzeit nicht tun. Sie ist überwältigt von diesem wunderbaren Gefühl.

Nach einer Weile blickt Marlena auf die Uhr und nickt ihr freundlich zu. „Komm, lass uns unsere Sachen holen. Wir sind bald in Genua. Und das sollten wir feiern." Grinsend fügt sie hinzu: „Vor allem in einem Land, wo die Männer zum Anbeißen sind."

Angelica prustet los, als sie diesen Satz hört, und Marlena stimmt begeistert ein. Dabei sind die beiden so laut, dass sich die anderen Speisewagengäste nach ihnen umdrehen. Sie sind etwas überrascht von diesen beiden jungen Frauen, die lauthals vor sich hin lachen und kichern.

Doch Angelicas Herz ist der Meinung, dass sich in der letzten Stunde etwas in dem Speisewagen verändert hat. Die Umgebung wirkt ein bisschen heller und irgendwie sonniger. Die Herzen in der Umgebung scheinen einen Tick kräftiger und sich eine Spur weiter zu öffnen. Das Lachen hat einige Herzen berührt und sie ein kleines Stück für die Welt geöffnet.

An diesen offenen Herzen vorbei laufen die beiden los zu ihrem Abteil, bereit, Genua auf den Kopf zu stellen. Ob die Stadt auch für sie gewappnet ist?

10.

Als Angelica den Zug verlässt, hat sie sofort das Gefühl von Urlaub. Es sind die Kleinigkeiten: die feuchte, leicht salzige Luft, die euphorischen meist fröhlichen italienischen Sprachschnipsel, die sie aufschnappt. Der alte Mann, der auf der Bank sitzend und auf seinen Stock gestützt die Neuankömmlinge beobachtet, so als gehöre die ganze Stadt ihm – nur ihm. Jedoch kommt sie kaum dazu, die ganzen Eindrücke in sich aufzunehmen, denn schon greift Marlena ihre Hand und zieht sie hinter sich her. So marschieren sie durch das Bahnhofsgebäude hindurch, kaufen in einem kleinen Bistro auf der gegenüberliegenden Straßenseite noch kurz Proviant für später und lassen schließlich die prunkvolle Fassade des Piazza Principe hinter sich, um in den Bus zu steigen.

Nachdem Marlena zwei Tickets gelöst hat und sie sich in die Sitze haben fallen lassen, kommt Angelica endlich dazu, die Frage zu stellen, die ihr bereits seit dem

Verlassen des Zuges durch den Kopf geht. „Wohin willst du eigentlich?", fragt sie.

„Vertrau mir einfach", entgegnet Marlena zuckersüß mit einem feinen Grinsen auf den Lippen.

Was denn auch sonst? Angelica schmunzelt vor sich hin. Sie fahren ein kurzes Stück die Küste entlang an der Corso Italia und steigen dort aus. „Geh schon mal vor an den Strand, ich komme gleich nach", ruft Marlena Angelica zu, während sie in einem kleinen terrakottafarbenen Gebäude verschwindet.

Kopfschüttelnd sieht ihr Angelica hinterher. Dann schnappt sie sich den Rucksack und spaziert in Richtung Strand. Sie geht über alte Pflastersteine, die der Wind und das Meer über die vielen Jahre glatt geschliffen haben, direkt in Richtung Wasser, vorbei an den Sonnenliegen und den anderen Strandgästen, die es sich hier gemütlich gemacht haben. Am Meer angekommen lässt sie den Blick über das unendliche Blau gleiten und atmet tief ein. Sie setzt den Rucksack ab, lässt sich langsam im Sand nieder und sieht über die sanften Wellen des Meeres. *Endlich frei ...*

Keine zehn Minuten später steht Marlena neben ihr und hält ihr eine himmlisch duftende Schachtel unter die Nase. Angelica strahlt.

„Darf ich Ihnen einen Rossese di Dolceacqua zur Pizza empfehlen, junge Dame?", fragt Marlena mit gespieltem Ernst und serviert ihr eine Flasche Rotwein.

„Sofern er aus der Region ist …“, entgegnet Angelica, ganz die feine Adlige von höfischem Charakter.

„Natürlich, Dolceacqua befindet sich direkt hier in Ligurien. Es wäre mir nie in den Sinn gekommen, Ihnen etwas anderes anzubieten“, folgt prompt Marlenas Antwort.

Angelica wird verlegen aufgrund ihres geografischen Unwissens. Doch dann beginnen die beiden herzhaft zu lachen. Kurz darauf fischt Marlena zwei Pappbecher aus ihrer Tasche, während der Duft von zart geschmolzenem Käse und Tomatensoße mit frischem Basilikum aus der Pizzaschachtel schwebt. „Das Festmahl kann beginnen!“, verkündet Marlena und drückt Angelica ein Stück Pizza in die Hand. Sie macht den ersten Bissen und ist überwältigt von der perfekten Mischung aus knusprigem Pizzaboden mit Tomatensoße, Büffelmozzarella, Rucola und Parmesan. *Das Leben ist ein Gedicht!*

„Auf das Leben!“, ruft Marlena, als hätte sie ihre Gedanken gelesen, und hebt ihren Becher mit dem Rotwein.

„Auf das Leben“, wiederholt Angelica grinsend und greift sich den zweiten Becher. Nicht nur die Pizza schmeckt himmlisch, auch der Wein ist angenehm würzig und verleiht diesem Moment das besondere Leuchten.

Das Universum betrachtet fasziniert die feinen ineinander verwobenen Farbklänge, welche die beiden jungen Frauen auf einer Ebene hinter dem Sichtbaren umspielen. Es sieht auf die Sanduhr und bemerkt, wie die Körner langsamer nach unten fallen. *„Wenn die Menschen im Einklang mit sich selbst sind, tritt sogar die Zeit in den Hintergrund“*, stellt es lächelnd fest.

Angelockt von Marlenas und Angelicas Heiterkeit nähern sich immer wieder junge Männer und zeigen sich von ihrer besten Seite. Marlena hat Spaß daran und flirtet mit ihnen, indem sie ihre Haare nach hinten wirft, ihnen zuzwinkert oder leicht schüchtern zur Seite sieht. Doch immer, wenn einer ernsthaft versucht, ihnen Avancen zu machen, indem er sie anspricht, fangen die Mädchen an zu kichern und winken ihn verlegen weg.

Sie haben Pizza, Rotwein, Strand, Meer und eine großartige Zeit miteinander, das ist am heutigen Tag verführerischer als jeder Mann.

Als Marlena fertig gegessen hat, füllt sie nochmals Wein nach und legt sich entspannt auf den Rücken. *Wenn das so weitergeht, sind wir beide betrunken, bevor wir auf die Fähre kommen,* überlegt sich Angelica. Aber was soll's, es ist ja eine Abenteuerreise und die sollte man am besten genießen.

„Du weißt, dass ich das gestern ernst gemeint habe?“, fragt Marlena und sieht Angelica nachdenklich an.

Angelica ist verwirrt. „Was meinst du?"

„Dass du hübsch bist."

Angelica wird sofort wieder rot. Nun ja, sie kann sich noch an diesen Moment im Abteil erinnern. Doch um ehrlich zu sein hatte sie ihn nicht allzu ernst genommen. Sie dachte, es sei eine beiläufige Aussage gewesen. Vielleicht etwas verrückt, aber das war sie langsam von Marlena gewohnt.

Die betrachtet sie liebevoll. „Und dieses leichte Rot auf deinen Wangen macht dich noch ein Stückchen attraktiver." Sie zwinkert Angelica zu.

„Hör auf!" Angelica muss lachen, wenn auch etwas unsicher. Diese Frau ist wirklich unglaublich. „Und selbst wenn, warum genau sagst du mir das?"

Marlena lacht. „Weil es stimmt und weil es dir selbst offensichtlich nicht bewusst ist. Du hast gar nicht gemerkt, dass viele dieser jungen Männer großes Interesse an dir hatten und nicht nur an mir. Das ist schade", antwortet sie.

„Ach was", entgegnet Angelica.

Marlenas Blick wird ernst. „Wenn du anfangen willst, die Liebe und Freude in jedem Moment zu spüren, ist es wichtig, dass du dich selbst liebst." Marlena nimmt ihren Becher, prostet Angelica zu, setzt ihn an ihre Lippen und trinkt genüsslich.

„Wer sagt überhaupt, dass ich diese Freude und Liebe in jedem Moment spüren will?“, fragt Angelica etwas verärgert.

Marlena verschluckt sich und kommt aus dem Husten und Prusten kaum raus, als sie zugleich versucht den Wein zu trinken und zu lachen.

Nachdem sie sich wieder gefangen hat, kontert sie: „Du wärst die erste Person auf der ganzen weiten Welt, die nicht Freude und Liebe in jedem Moment spüren möchte. Wenn dem so ist, gib mir bitte Bescheid. Das wäre eine Nachricht, die es wirklich wert wäre, weltweit verbreitet zu werden.“ Sie tut, als ob sie eine Tageszeitung aufschlagen würde. „Ich sehe bereits die Schlagzeile in den Morgenzeitungen: ‚Die reisende Angelica: Der einzige Mensch auf der ganzen Welt, der kein Interesse daran hat, Liebe und Freude in jedem Augenblick zu verspüren. Bitte bewundern Sie diese Kuriosität.‘“ Sie zwinkert ihr zu. „Und ist es so?“

Angelica sieht peinlich berührt zur Seite. Dann schaut sie Marlena an. *Diese Frau ist wirklich unglaublich … vielfältig.* In einem Moment kann man mit ihr aus vollem Herzen lachen und Spaß haben. Im nächsten ist sie wieder auf ihre ganz eigene Art und Weise sehr ernst und spricht mit einem über die tief greifenden Themen des Menschseins. Allerdings muss sie sich eingestehen, dass ihre neue Freundin recht hat, und schüttelt zögerlich den Kopf.

Marlena gibt sich mit dieser stillen Antwort zufrieden und erteilt Angelica die nächste Lektion: „Nun gut, dann fang mal an, dich selbst zu lieben. Und weil es manchmal schwer ist, sich von innen heraus zu lieben, hilft es, etwas Schönes über sich zu wissen. Und dass du hübsch bist, kannst du mir ruhig glauben. Das ist schon mal ein guter Start, oder?“

„Meinst du wirklich, es ist so wichtig für mich und mein Glück, dass ich mich selbst liebe?“, fragt Angelica zögerlich.

„Natürlich meine ich das. Du solltest mich langsam gut genug kennen, um zu wissen, dass ich mit solchen Sachen nicht spaße. Sich selbst zu lieben, das ist doch das Wichtigste überhaupt! Wenn wir uns selbst nicht lieben, wie sollen wir dann die Liebe bei anderen finden? Wie sollen wir anderen Menschen Liebe bringen?“

Angelica denkt über die letzte Frage einige stille Moment nach, ehe sie Marlena ernst ansieht und sagt: „Ist das der Grund, warum du mir das alles erzählst? Damit ich auch anfange, die Liebe zu anderen Menschen zu bringen?“

Marlena lacht. „Sucht dein Kopf schon wieder nach Erklärungen? Nein, das ist nicht der Grund. Du bist frei, alles zu tun und zu lassen, was du möchtest. Um ehrlich zu sein, ich habe keinen speziellen Grund, dir das zu erzählen, und ich weiß auch nicht, was du machen sollst. Das ist etwas, das nur du wissen kannst. Aber wenn man schon durch die Welt geht auf der Suche nach dem eigenen Ursprung, um herauszufinden, wohin der Weg führen soll, dann kann es nicht schaden, dabei voller Freude und Liebe zu sein, oder?“

Marlena hat auf ihre verrückte Art und Weise durchaus recht. Angelica hat nicht den geringsten Schimmer, wo es hingehen soll. Doch voller Liebe und Freude zu sein … egal wo der Weg hingeht … Natürlich, was kann daran verkehrt sein? Sie denkt noch mal an die wundervolle Geschichte von dem alten blinden Mann am Meer, die Marlena ihr erzählt hat. Seine Musik hat das Herz eines anderen Menschen berührt und dazu inspiriert, sein Leben komplett zu verändern.

Vielleicht sind wir wie kleine Wunderkerzen und wenn wir unserem Ausdruck von Liebe folgen, fangen wir einer nach dem anderen an, in der Dunkelheit zu leuchten, und wenn wir dann anderen Wunderkerzen begegnen, vermehrt sich unser Feuer fast wie von selbst. Plötzlich sieht Angelica ein Bild von Millionen von Wunderkerzen vor ihrem inneren Auge, die sich über die Welt verteilen und zu einem Lichtermeer werden, das immer größer wird.

Doch dieses Bild ist nur von kurzer Dauer und ein anderer Gedanke drängt sich in den Vordergrund. Sie sieht Marlena neugierig an und fragt: „Wohin führt dich eigentlich dein Lebensweg?“

Marlena lacht. „Das ist eine gute Frage.“ Sie lächelt einem Mann zu, der an ihnen vorbeigeht. „Ich habe lange gebraucht, bis ich begriff, worin ich gut bin und worin nicht und was das mit meinem Lebensweg zu tun hat ...“ Bei diesem Satz blitzt plötzlich Traurigkeit in Marlenas Augen auf und sie verzieht das Gesicht, als spürte sie einen tiefen Schmerz. „Ich bin nicht gut darin, ein ‚normales‘ Leben zu führen und den Erwartungen anderer zu entsprechen. Ich habe versucht in die Geschäfte meines Vaters einzusteigen, in der Immobilienbranche Fuß zu fassen und ein in den Augen meiner Eltern vorzeigbares Leben zu führen – so wie sie sich das gewünscht hätten. Ich habe es wirklich versucht und es wäre nicht so gewesen, als hätte ich dabei versagt ...“

Dann entspannen sich ihre Züge wieder und sie fährt fort: „Nachdem ich den alten Straßenmusiker am Strand getroffen habe, ist mir bewusst geworden, worin ich wirklich gut bin. Ich kann Menschen daran erinnern, dass es mehr im Leben gibt als nur die täglichen Pflichten. Dass es mehr gibt als von einem Termin zum nächsten zu jagen und wie eine Maschine zu arbeiten. Meine Lebensaufgabe ist es, die Menschen daran erinnern, dass sie im Innersten kreative Wesen sind, die Spiel, Spaß, Freude und Liebe brauchen. Ich bin gut darin, weil ich es liebe, selbst so zu sein. Ich glaube, jeder von uns hat etwas, das er liebt und in dem er gut ist, und jeder erlebt Augenblicke, in denen es ihm bewusst wird. Vielleicht brauchen manche mehrere solcher Momente und vielleicht erleben manche sie auch nicht in diesem Leben, sondern erst im nächsten. Aber ich glaube, dass wir in solchen besonderen Augenblicken unsere Seelenaufgabe wiederentdecken, die wir uns vor unserer Geburt ausgesucht haben."

Angelicas Augen sind während der Erzählung immer größer geworden und sie starrt Marlena mit offenem Mund an.

„Ich weiß, das ist ziemlich viel Glauben für so eine kleine Person wie mich." Marlena lächelt ihr zu.

Vor der Geburt ausgesucht? Seelenaufgabe? Das alles einfach so im Nebensatz erwähnt, ohne es zu erklären, zu argumentieren oder gar zu belegen? Wie anders ist das im Vergleich zu dem, was Angelica sonst von ihren Mitmenschen kennt.

„Ich bin nicht sicher, ob ich das auch alles glauben kann ... obwohl es so klingt, als wäre es wunderschön, das zu tun", entgegnet Angelica zögerlich.

Marlena verfällt in ihr helles Lachen. Dann antwortet sie: „Du musst nicht glauben, woran ich glaube, aber sei dir bewusst, dass jeder Mensch unbewusst an etwas glaubt. Und das, woran du glaubst, wird dich mit der Zeit prägen. Also glaube besser an etwas, das gut für dich ist und dich wachsen lässt." Marlenas Gesicht verzieht sich zu einem schelmischen Grinsen, das sie sehr gut beherrscht.

Plötzlich sieht Marlena auf die Uhr und erschrickt.

„Die Fähre fährt in zwei Stunden. Wenn wir nicht mindestens eine Stunde vor Abfahrt an Bord sind, nehmen sie uns nicht mit. Komm, wir müssen los!"

Sie packen hastig ihre Sachen in ihre Rucksäcke, entsorgen noch schnell die leere Flasche und den Pizzakarton und los geht es. *Das wird knapp,* denkt sich Angelica, als sie losrennen.

11.

Die beiden haben Glück. Atemlos erreichen sie den Fährhafen, holen schnell ihre Tickets und laufen die letzten Meter zum Personeneinstieg. Zum Glück hat der Steward, der gerade dabei war, das Sicherheitsgitter zu schließen, die beiden Nachzügler entdeckt. Er winkt ihnen zu, sich zu beeilen, und Marlena schickt ihm grinsend einen Kussmund. Er lacht gut gelaunt und im Vorbeigehen drückt sie dem Seemann einen dicken Kuss auf die Wange. Er errötet und schließt grinsend das Gitter, während Marlena jetzt gemütlich und fröhlich pfeifend an Bord geht, als wäre nichts gewesen.

„Wir haben es geschafft“, ruft sie freudig und gibt Angelica ein High Five.

Angelica ist erneut fasziniert von Marlena.

Es wirkt, als nähme sie jeden Augenblick so, wie er ist. Sie scheint einfach immer gerade das zu tun, was ihr in den Sinn kommt, und davon überzeugt, dass das in Ordnung so ist und auch bestimmt gut ausgeht. Und ist es geschehen, ist sie schon wieder dabei, das Beste aus dem nächsten Moment zu machen. Was für eine wunderbare Reisebegleiterin.

Doch genug der kniffligen Gedanken, denkt sich Angelica, sonst verpasst sie diesen wunderschönen Augenblick noch. Denn der Tag neigt sich langsam dem Ende zu. Die beiden stehen auf dem Deck und beobachten, wie Genua mit seinem wunderbaren Essen und dem großartigen Wein immer kleiner wird. Es ist ein bewölkter Abend und als die Sonne sich dem Meer entgegen neigt, taucht sie das Meer und die Wolken in einen violetten Glanz. Die Lichter der Stadt werden immer kleiner und die beiden jungen Frauen beobachten verträumt das *grande finale,* eines der größten Theaterstücke, das die Welt zu bieten hat. Jeden Tag startet dieses Schauspiel in den zartesten Rottönen und erweckt die Welt von Neuem mit der Morgenröte. Es erreicht seinen fulminanten Höhepunkt im klaren Mittagslicht und endet mit einem beeindruckend farbenprächtigen Untergang. Es berührt Angelica mit seiner zarten Schönheit.

Marlena legt ihre Hände an die Lippen und wirft dem verschwindenden Genua einen Kuss nach dem anderen zu. Dann stellt sie sich auf die unterste Sprosse der Reling und ruft in die Welt:

„Ich liiiiiiiiiieeeeeebe dich!"

Angelica muss schmunzeln.

Marlena schaut auf sie herab und meint: „Das kannst du auch!“

Angelica schüttelt verschreckt den Kopf.

„Nein, auf keinen Fall ...“, antwortet sie.

„Komm, du kannst das. Ruf deine Liebe in die Welt hinaus.“

Schließlich gibt Angelica zögernd nach. Sie steigt ebenfalls auf die unterste Stufe der Reling und streckt zaghaft die Hände aus. „Ich liebe dich“, murmelt sie.

Marlena lacht laut. „Hör auf, dich zu verstecken, und zeig dich der Welt!“

Das Universum freut sich, als es das hört. Angelica steht kurz davor, einen wichtigen Schritt für ihre Selbstliebe zu machen. Um so einen Schritt zu gehen, braucht es Vertrauen in die Welt und in sich selbst. Ob Angelica wohl schon so weit ist oder ob sie da noch Unterstützung braucht?

Sie sieht Marlena verwirrt an. Ihre Liebe in dieser Lautstärke hinauszurufen, traut sie sich einfach nicht. Was sollen die Leute denken? Langsam nimmt sie wieder einen Fuß von der Reling.

Gerade als sich das Universum aufrichtet, um einzuschreiten, bemerkt es Angelicas Herz, das sich bereit macht. Manchmal sollte man wohl besser einfach aus dem Weg gehen, merkt das Universum mit erhobenem Zeigefinger und einem Schmunzeln an, als es einen Schritt zurücktritt, um die Bahn frei für das Herz zu machen.

Angelicas Herz ist von der Idee begeistert, die Liebe in die Welt zu rufen. Deswegen beschließt es einzugreifen und sich über alles andere hinwegzusetzen. Es gibt Momente im Leben, da muss ein Herz einfach tun, was ein Herz tun muss. Entschlossen gibt es Angelicas Körper zu verstehen, dass er jetzt gefälligst wieder auf das Geländer steigen und seine Arme richtig ausbreiten soll. So weit, wie es nur irgendwie möglich ist. Es teilt dem Kopf mit, dass es ganz genau weiß, dass man im Bruchteil einer Sekunde die ganze Welt umarmen kann, wenn man es nur fest genug will. Sie gibt dem Mund die einzigen Worte vor, die es in diesem Moment zu sagen gilt.

Und so findet sich Angelica mit ausgebreiteten Armen auf der zweiten Stufe der Reling wieder. Mit einer Stimme, die gar nicht die ihre zu sein scheint, schreit sie in die Welt: „Weeeellltttt, höörrst du mich? Ich liiiiiieeeeeebbbeeee dich über aaaaaalllllleeeeesss! Ich daaaaaaaanke dir für mein Leben in Freeeeuuuuude!“

Marlena zuckt zurück. Mit so einer Lautstärke und mit so einer Kraft scheint sie bei dieser schüchternen jungen Frau gar nicht gerechnet zu haben.

Angelica steht mit geschlossenen Augen auf der Reling und genießt den Fahrtwind ohne die geringste Angst vor irgendetwas. Auf einmal herrscht in ihrem Kopf wohltuende Leere, während sich kleine Wellen der Liebe aus ihrem Herzen ausbreiten. Überwältigt von dem Gefühl lässt sie sich in Marlenas Arme fallen. Die beiden lachen und weinen in einer Umarmung voller Freude.

Später liegen sie erschöpft am Bug der Fähre. So viel Freude und Liebe kann ganz schön viel werden für zwei junge Frauenherzen. Also genießen sie die Ruhe des Moments und schauen in den Himmel.

Mittlerweile ist es komplett dunkel und über ihnen leuchten die Sterne. *Es sind so unendlich viele, mehr, als ich jemals in Wien gesehen habe,* stellt Angelica fest. Der italienische Nachthimmel erstrahlt in seiner vollen Pracht. Und auch wenn er wunderschön ist, erinnert sich Angelica, dass es noch nicht der Himmel ist, den sie Theo versprochen hat. Den wird sie wohl erst am Strand in Sizilien sehen. Schweigend genießen die beiden diesen wundervollen Anblick.

Dann bricht Marlena die Stille: „Das war groß."

Angelica sieht sie verwundert an. „Was meinst du?"

„Als du dich an die Reling gestellt hast und deine Liebe in die Welt geschrien hast. Das war kein kleines ‚Ich liebe dich'. Es war kein unscheinbarer Ruf. Das war der Schrei der Liebe eines übervollen Herzens. Eines Herzens, das so viel zu geben hat und wohl noch nicht so oft zu Wort gekommen ist."

Angelica erwidert nichts. Sie denkt nach. Kann es sein, dass Marlena recht hat? Vielleicht ist da was dran. Vielleicht kann ihr Herz mehr, als sie ihm zutraut. Möglicherweise hat es mehr zu sagen, als sie ihm Raum gibt. Mehr zu geben, als sie zulässt. Vielleicht ist da noch viel mehr.

Vielleicht ...

„Ich weiß nicht ..."

Ein Lächeln spielt um Marlenas Mundwinkel und sie sieht Angelica tief in die braunen Augen. Sie scheint direkt in Angelicas Seele zu blicken. Marlenas Augen stellen dabei die Frage, die sie im nächsten Moment laut ausspricht. „Warum bist du wirklich auf dieser Reise?"

Na, um ihre Wurzeln zu suchen, denkt sich Angelica. Doch je länger sie darüber nachdenkt, umso unsicherer wird sie. Ist das wirklich der Grund, warum sie hier ist?

„Eine exzellente Frage", flüstert das Universum und ist neugierig, ob Angelica dahinterkommt, dass nach den eigenen Wurzeln zu suchen, nicht unbedingt der

Ursprungsgedanke des Universums war, und dass eigentlich noch eine Aufgabe auf sie wartet.

Doch Angelica zuckt nur mit den Schultern. Dann sieht sie wieder in den Sternenhimmel und flüstert: „Vielleicht einfach nur, um den sizilianischen Sternenhimmel zu sehen und ihn mit Theo zu teilen."

„Wer ist Theo?"

„Ein guter Freund."

Zuerst schaut Marlena kurz kritisch, doch dann nickt sie, als würde sie verstehen. Und wer weiß, vielleicht tut sie das auch? Sie scheint verblüffend viel zu verstehen, ohne darüber zu reden und für alles eine ausführliche Erklärung zu benötigen, bemerkt Angelica. Doch trotz ihrer Weisheit und Lebensfreude übersieht sie wohl manchmal die offensichtlichsten Dinge. *Vor allem eine Sache ist ihr nicht bewusst,* blitzt ein Gedanke in Angelica auf und sie stellt die Frage, die ihr schon seit der Zugfahrt auf dem Herzen brennt: „Wieso gehst du nicht nach Hause und versöhnst dich mit deinem Vater?"

Marlena dreht den Kopf ruckartig in ihre Richtung und sieht sie irritiert an. Ihre Stimme hat plötzlich eine Strenge, die neu für Angelica ist. „Woher ... Warum glaubst du, dass ich das will?"

Angelica zuckt wieder mit den Schultern.

„Es ist nicht schwer wahrzunehmen, zu hören und zu fühlen, dass da eine Traurigkeit ist, wenn du von ihm sprichst. Noch mehr spürt man deinen Wunsch, dass diese Traurigkeit endet. Denn wie kannst du die vollkommene Liebe und Freude leben und weitergeben, wenn diese Traurigkeit dich jeden Tag belastet?“

Marlena beginnt ihre Antwort: „Ich ...“, und dann sagt sie nichts mehr.

Sie wendet sich von Angelica ab und blickt wieder in den Sternenhimmel. Für einige Zeit herrscht Stille zwischen den jungen Frauen. Vom Himmel funkeln ihnen die Sterne entgegen.

Da gibt Marlenas Herz Angelicas Herz einen dicken Kuss. Die beiden arbeiten wirklich gut zusammen. Nun hat dieses unscheinbare Mädchen mit dem großen Herzen die Frage gestellt, vor der sich Marlena schon so lange drückt. Etwas in Marlena löst sich und ihr Herz spürt, dass sich eine Lücke in ihrem Bewusstsein auftut. Schnell nutzt es die Gelegenheit, erobert das neue Territorium und breitet sich darin aus. Es sorgt für Wärme in einem Bereich, der trotz der Liebe, die sie jeden Tag lebt, noch sehr unterkühlt war.

Als Marlena Angelica wieder ansieht, laufen ihr die Tränen übers Gesicht.

„Die Wahrheit ist, ich weiß es nicht. Ich weiß nicht, warum ich nicht wieder zu meinem Vater zurückgehe, um zu klären, was zu klären ist. Vielleicht ist es einfacher, sein offenes Herz den Menschen zu zeigen, die einem fremd sind … weil man mit denen, die man schon lange kennt, bereits so viele Enttäuschungen erlebt hat. Vielleicht ist es einfacher, immer weiter in eine neue Welt zu gehen, statt sich umzudrehen und das zu klären, was hinter einem zu liegen scheint. Trotzdem … du hast recht, es lässt mich nicht los. Es vergeht kein Tag, an dem ich nicht an meinen Vater denke, und dennoch kann ich mich nicht dazu entschließen, ihm zu begegnen."

Angelica nickt verständnisvoll. Sie erinnert sich wieder an die Gespräche mit ihren Eltern vor ihrer Abreise. An das Gefühl, von ihren Erwartungen erdrückt zu werden. Ja, sie versteht Marlena nur zu gut. Vorsichtig greift sie nach ihrer Hand und drückt sie sanft und freundlich. Dann sieht Angelica direkt in diese grünen Augen der Frau, die sonst die ganze Welt umarmt, aber ihre eigene Familie dabei übersieht, und sagt flüsternd: „Manchmal ist der erste Schritt auf die eigene Familie zu der schwerste, doch oft wird es danach leichter."

Das Universum genießt es zu beobachten, wie die vielen Farben der Liebe zwischen diesen beiden Menschen gerade hin und her fließen.

Hin und wieder vergessen die Menschen, dass sie sich alle gegenseitig etwas beizubringen haben. Dass jeder zu einem bestimmten Zeitpunkt Zugang zu einem Wissen hat, mit dem er seinem Umfeld helfen kann.

Während das Universum die beiden Frauen beobachtet, berühren sich ihre Hände, und ein kleiner Funken blitzt auf. Am anderen Ende des Universums beginnt genau in diesem Moment die Geburt eines neuen Sterns. Eines Sterns, der aus dem Funken Liebe zwischen zwei Menschen entsteht, die einfach nur füreinander da waren, als sie sich gegenseitig brauchten. Die goldenen Körnchen in dem Stundenglas rinnen so langsam, dass die Zeit stillzustehen scheint.

Das Universum lächelt. Es selbst mag vielleicht in vielerlei Hinsicht ein Mysterium für die Menschen sein, doch genauso wie diese liebt es eine gute Show.

12.

Mitten in der Nacht erwacht Angelica. Marlena liegt an ihrer Seite, und ihre Hände berühren sich noch immer wie bei einem Pärchen in der ersten Liebesnacht. Eine laue Brise des Meeres weht ihr um die Nase. Unter ihrem Kopf liegt der Rucksack, den sie eigentlich nur vorübergehend als Kopfstütze benutzen wollte. Doch die beiden sind an Deck eingeschlafen. Für Angelica wirkt es wie ein Traum, die vollkommene Freiheit zu spüren. Rund um sie nur die Geräusche des Schiffes auf dem Meer und die Wärme der Sommernacht. Und als sie in diesem Moment den Blick hebt, funkelt über ihr ein Stern, der ihr zuzwinkert. Diesmal ist sie sich dabei vollkommen sicher.

Die Zeit mit Marlena war wie eine Wellnesskur für Angelicas Herz, das nun endlich aus der Enge ausbrechen und sich richtig ausdehnen kann. Es hegt neue Hoffnung, dass es in Zukunft mehr Gehör findet.

Dass es nun einfacher wird, die Dinge zum Guten zu wenden. Egal wie Angelica sich entscheidet: Es ist überzeugt, dass am Ende alles gut wird.

Angelica schließt die Augen und gleitet sanft wieder zurück in ruhige Träume voller Weite, Freude und Liebe.

Als sie am nächsten Tag die Augen öffnet, sind Marlena und deren Rucksack verschwunden. Die Sonne ist gerade aufgegangen und scheint ihr ins Gesicht. Sie gähnt. Wie schön es hier draußen ist. Sie steht auf und lässt den Blick zufrieden über das endlose Wasser gleiten. Dann kramt sie in ihrem Rucksack nach dem Proviant, den sie gestern bei der Ankunft in Genua gekauft haben, um das Reisebudget zu schonen und keine teuren Speisen auf der Fähre organisieren zu müssen. Das war eine gute Idee, denn die Küste Siziliens werden sie erst heute Abend erreichen und sie hat unglaublichen Hunger. Genüsslich verspeist sie das italienische Gebäck. Die Brote schmecken köstlich und sie denkt an den netten italienischen Feinkosthändler, der mit ihr geflirtet hat, während er ihr die Brote einpackte. Kein Wunder, dass sie sich noch die luftgetrockneten Hartwürstchen hat andrehen lassen. Sie zweifelt zwar, dass sie die je essen wird, aber sie konnte einfach nicht Nein sagen. Zumindest hat ihr der Verkäufer versichert, dass sie auch ohne Kühlschrank länger halten – das ist zumindest ein Lichtblick in der Sache.

Während sie sich die Brote schmecken lässt, geht ihr das Gespräch mit Marlena durch den Kopf, in dem sie sie dazu ermutigt hat, die eigene Schönheit zu erkennen. Jetzt erst fällt ihr auf, wie viele Männer ihr in der Vergangenheit schöne Augen gemacht haben, während sie davon ausging, dass das gar nicht der Fall war. Vielleicht kann sie noch nicht ganz nachvollziehen, was es genau bedeutet, die eigene Schönheit zu sehen, doch in ihr reift eine Ahnung, dass sie durchaus mehr Schönheit in sich trägt, als sie bisher gedacht hat.

Als sie fertig gegessen hat, blickt sie sich verwundert um. Die ersten Passagiere kommen aus ihren Kabinen an Deck, um die Sonne zu genießen. Nirgends unter all diesen Menschen kann sie Marlena entdecken. So langsam fragt sie sich, wo diese junge Frau schon wieder steckt. Sie dreht eine Runde um das Deck und sieht sich im Speiseraum um. Doch Marlena ist nirgends zu entdecken. Angelica zuckt mit den Schultern. *Wenn Marlena nicht gefunden werden möchte, dann werde ich auch keinen Erfolg haben,* dämmert es ihr langsam.

Also macht sie es sich in einer schattigen Ecke an Deck gemütlich und liest den Roman, den sie als Reiselektüre eingepackt hat, um sich von Marlenas Verschwinden abzulenken. *Sie wird schon wieder auftauchen,* beruhigt sie sich selbst immer wieder.

Es wird später Nachmittag und Marlena ist noch immer nicht aufgetaucht. Sie vermisst sie und stellt fest, dass das Leben mit dieser lebensfrohen und lustigen Person an ihrer Seite besser erscheint. Am liebsten hätte sie Marlena noch lange um sich, um mit ihr durchs Leben zu ziehen. Ihre einfachen Weisheiten und ihre spontane Art, mit der sie in das Leben hineinspringt, als wäre es ein perfekt temperierter Pool, der nur für sie befüllt wurde, machen sie zu etwas ganz Besonderem. *Das sind die Menschen, mit denen man das Leben teilen und die Welt erkunden sollte. Alles scheint irgendwie heller zu leuchten und leichter zu sein.*

Angelica steht auf und streckt sich, um sich einen Überblick über die Menschen hinweg zu verschaffen. Sie hofft, Marlena unter ihnen zu erspähen. Doch stattdessen bemerkt sie, dass die sizilianische Küste gar nicht mehr so weit entfernt ist.

Langsam wird Angelica nervös.

Wie kann es sein, dass ich Marlena den ganzen Tag nicht entdeckt habe?

Gedankenverloren und etwas hoffnungslos sieht sie in den Himmel. Dabei erkennt sie eine kleine Gestalt, sie sitzt zwei Decks höher, an einem Ort, an dem man eigentlich nicht sein darf. Sie kneift die Augen zu. *Kann sie das tatsächlich sein …?* Doch sie wird sich immer sicherer. Wer sonst hätte es auch geschafft, aufs Dach zum Radargerät des Schiffs zu klettern, das leise vor sich hin surrt? Sie scheint dort eine beeindruckende Aussicht zu genießen und blickt gedankenverloren in die Ferne. Angelica sieht auf die Uhr. *Nur noch eine halbe Stunde, bis das Schiff in Palermo anlegt, wendet und nach Genua zurückfährt.* Sie lässt den Blick von Marlena in Fahrtrichtung des Schiffes schweifen. Immer mehr Details der Insel kann sie ausmachen und erkennt nun bereits die ersten Berge Siziliens. Vor ihnen wartet ein Paradies, das sie nur allzu gerne mit Marlena erkunden möchte. Angelica schultert entschlossen ihren Rucksack und macht sich auf den Weg zu ihrer Freundin. Sie hat Glück. Nachdem sie voller Angst, erwischt zu werden, über ein Absperrgitter geklettert ist, findet sie eine Treppe, die sie direkt unter Marlenas Aussichtspunkt bringt. Nur noch wenige Höhenmeter trennen die beiden.

„Hey, komm runter, wir müssen gleich aussteigen!", ruft sie ihr zu. Angelica ist ganz aufgewühlt vor lauter Nervosität. Um überhaupt in die Nähe ihrer Freundin zu kommen, hat sie eine Viertelstunde gebraucht. In wenigen Minuten werden sie in Palermo anlegen.

Marlena sieht überrascht hinunter zu ihr, als sie ihre Stimme hört. Angelica glaubt, ein trauriges Lächeln über ihr Gesicht huschen zu sehen. Aber dann steht sie auf, wirft sich den Rucksack über und wie ein kleines Äffchen nutzt sie Einkerbungen, Rettungsringe und Fenster, um sich Stück für Stück zu Angelica hinunter zu hangeln.

Die letzten eineinhalb Meter springt sie mit einem „Allez hopp“ und kommt knapp vor Angelica auf. Wie eine wahre Zirkusartistin breitet sie applausheischend die Arme aus und sagt: „Hallöchen Angelica.“

Doch die hat gerade keine Geduld. Sie nimmt Marlena an der Hand und versucht, sie mit sich zu ziehen, damit sie gleich aussteigen können. Allerdings lässt sich Marlena nicht führen. Sie bleibt an Ort und Stelle, bis Angelica schließlich nachgibt und fragt: „Was ist jetzt? Willst du, dass wir Palermo verpassen?!“

Marlena lächelt und antwortet: „Du hattest recht, es ist an der Zeit, zurückzugehen und meine Eltern zu umarmen.“ Angelica ist verblüfft. Aber Marlena zuckt nur mit den Schultern und fährt fort: „Vielleicht ist es das Schwierigste, was ich je getan habe. Vielleicht wird es einfacher werden, wenn ich mich der Sache erst mal stelle. Am Ende des Tages ist es wahrscheinlich auch egal. Wichtig ist nur, dass ich dort hingehe, wohin mein Herz mich trägt.“

Sie zwinkert ihr zu.

„Und genauso wichtig ist es, dass *du* dort hingehst, wo dein Herz dich hinzieht.“ Ihr Blick fixiert kurz das immer näher kommende Sizilien, bevor sie sich wieder auf Angelica fokussiert. Erneut huscht ein trauriger Ausdruck über ihr Gesicht. „Es ist früher als gedacht, doch hier trennen sich unsere Wege. Ich werde wieder aufs Festland fahren, um in den nächsten Flieger nach Lissabon zu steigen.“ Sie macht eine kurze Pause. „Mein Vater wartet dort schon auf mich, seitdem ich mit zwanzig verschwunden bin. Immerhin sind mittlerweile drei Jahre vergangen. Ab und zu bekomme ich eine E-Mail von ihm, in der er fragt, wie es mir geht. In letzter Zeit sogar häufiger als am Anfang.“ Sie lässt den Blick zum Horizont schweifen, wo sich Himmel und Erde treffen. Dann nickt sie überzeugt und sieht Angelica wieder an, als sie sagt: „Nun ist es an der Zeit, ihm endlich eine Antwort zu geben.“

Angelica ist entsetzt.

Nein! Das kann jetzt nicht sein! Ich wollte doch noch so viel mit ihr erleben ...

Wie anders reagiert da Angelicas Herz. Auch wenn es den verfrühten Abschied ein bisschen schade findet, weil es der Meinung ist, Angelica hätte noch viel von Marlena lernen können, freut es sich wirklich sehr für Marlenas Herz. Die beiden Herzen umarmen sich und nehmen liebevoll voneinander Abschied. Sie sind dankbar, dass sie beide ein Stück des Weges zusammen gehen konnten. Aber sie wissen auch: Wenn man sich einmal wirklich berührt hat und sich tief in die Augen gesehen hat, kann man sich nie wieder verlieren. Man wird immer miteinander verbunden sein.

Angelica läuft eine Träne über die Wange und ihr wird bewusst, dass sie keine Zeit für Diskussionen oder ausgedehnte Abschiede hat. Es ist an der Zeit, dorthin zu gehen, wohin ihr Herz sie lenkt: nach Sizilien, damit sie endlich ihre Wurzeln finden kann. Und außerdem gibt es da noch den sizilianischen Sternenhimmel, den sie Theo versprochen hat, mit nach Hause zu bringen. Auch wenn es ihr in diesem Moment schwerfällt, umarmt Angelica Marlena und sie legt alle Freude, alle Liebe, all das, was sie gelernt hat, in diese eine Umarmung. Eine stille und sanfte Umarmung mit einer Kraft, die Berge versetzen kann.

Angelica ringt um ein Lächeln unter ihren Tränen und flüstert in Marlenas Ohr: „Ich hab dich lieb und ich wünsche dir alles Glück der Welt. Du bist einer der außergewöhnlichsten Menschen, die ich je kennenlernen durfte. Danke!“

Dann lässt Angelica Marlena los und nickt ihr warmherzig zu. Auch ihrer Freundin laufen die Tränen übers Gesicht und sie küsst Angelica noch einmal auf die Stirn, wie sie es von dem alten Mann am Strand gelernt hat. Danach legt sie ihre Hände auf ihr Herz und breitet die Arme wieder so aus wie gestern, als sie die ganze Welt umarmt hat. Dabei sieht sie Angelica tief in die Augen. Angelica versteht die Dinge, die Marlena sagen möchte und mit Worten nicht wirklich ausdrücken kann:

„Vergiss nie, die Welt und alles, was kommt, mit offenen Armen zu empfangen und mit ganzem Herzen zu umarmen."

Angelica nickt ihr stumm zu, und sosehr sie sich auch für Marlena freut, sie bringt kein Lächeln zustande. Zu tief sitzt die Trauer, diesen besonderen Menschen zu verlieren. Sie wirft Marlena einen Kuss zu, dreht sie sich um, stolpert vom Deck nach unten und schafft es gerade noch, mit den letzten Passagieren von Bord zu gehen.

Ein tief durchdringender Ton durchschneidet die Stille. Das dumpfe Dröhnen der Sirene ertönt, und die Fähre steuert wieder auf das offene Meer. Aber Angelica nimmt davon kaum Notiz. Sie hastet über den Sand. Etwas in ihr treibt sie weg, fort vom Schmerz des Abschieds. Als sie irgendwann nicht mehr weiterkann, dreht sie sich zögernd um.

Die Tränen, die ihr unablässig übers Gesicht gelaufen sind, seit sie von der Fähre ging, rinnen noch immer über ihre Wangen. Die anderen Passagiere haben sie beim Verlassen der Fähre seltsam angeschaut. *Aber das ist egal. So was von egal.*

Denn in diesem Moment hat sie so viele Gefühle gleichzeitig verspürt: Trauer, einen gerade erst liebgewonnen Menschen wieder ziehen zu lassen. Glück, ihn überhaupt getroffen zu haben, obwohl sie ihn genauso gut um Haaresbreite hätte verpassen können.

Zorn auf das Leben, das die beiden gleich wieder trennt. So setzt sie sich in den Sand unter eine Laterne und blickt stumm in die Ferne.

Angelica hat keine Augen für die untergehende Sonne und die ersten leuchtenden Sterne. Das einzige Leuchten, das sie derzeit interessiert, ist das kaum noch erkennbare Schiff, das eine geliebte Person von ihr fortbringt, die sie vielleicht nie wiedersehen wird. Sie hatte nicht mal Zeit, mit Marlena ihre Kontaktdaten auszutauschen. Angelica beginnt erneut bitterlich zu weinen.

Doch plötzlich scheint sie etwas wahrzunehmen. Das Licht eines goldenen Schweifs, wie von einem senkrechten Kometen, der vom Schiff aufsteigt, durchbricht ihren Tränenschleier. Der Komet explodiert zu einem riesigen goldenen Herz aus Millionen von Sternen, die leuchtend und knisternd am Firmament funkeln. Auch wenn Angelica es nicht wirklich glauben kann oder eine Erklärung dafür hat, beginnt sie unter ihren Tränen zu lächeln.

Die Zauberin, die große Straßenkünstlerin mit dem Herzen aus Gold. Möge sie ihre Liebe in die Welt hinausstrahlen.

Als das Schiff endgültig aus ihrem Sichtfeld verschwunden ist, erwacht Angelica aus ihrer Trance. Sie kramt in ihrem Rucksack, um irgendwo ein Taschentuch zu finden und sich die Tränen aus dem Gesicht zu wischen. Sie muss fürchterlich aussehen. Mittlerweile ist es stockdunkel und Nacht in Palermo geworden. Eigentlich sollte sie nicht hier draußen sein. Sie muss irgendwo eine Schlafmöglichkeit auftreiben, so wenig sie auch daran denken mag, weil sie eigentlich lieber bei Marlena wäre.

Auf der Suche nach dem Taschentuch fällt ihr wieder das Buch ihrer Mutter in die Hand. Für eine Sekunde sieht sie es verblüfft an, wie ein Objekt aus einer unendlich fernen Welt. Dann schlägt sie es wie ferngesteuert auf. Sie blättert zur zweiten Seite und liest unter dem fahlen Licht der Laterne:

„Öffne dich für alle Menschen, die dir das Leben schenkt,
und lasse sie ziehen, wenn ihr Weg woanders weiterführt.
Lächle und rufe ein ‚Danke' in die Welt für den Teil des
Weges, den ihr gemeinsam gehen durftet."

Mehrere Minuten starrt sie auf die Zeilen vor ihr, während Tränen anfangen, die Seiten zu bedecken. Danach steht Angelica auf, schließt die Augen und sammelt sich. Sie atmet tief ein, denn sie erkennt, dass es noch etwas zu tun gibt. Mit dem Ausatmen breitet sie die Arme aus und ruft in die Welt hinaus: „Daaaaaaaanke!“

Das muss das lauteste Danke gewesen sein, das die Welt jemals gehört hat. So laut, dass sie sich sicher ist, dass Marlena es selbst auf der anderen Seite der Welt noch hören könnte.

Wie Marlena zuvor legt sie die Hände auf ihr Herz, hebt sie zum Mund, küsst sie und breitet die Arme aus, um die Welt zu umarmen. Anschließend nickt sie dem Meer zu. Marlena würde es verstehen.

Irgendwann ist sie so weit, aufzustehen. Sie wischt sich die Tränen aus dem Gesicht, packt das Buch ein, schultert den Rucksack, dreht sich nach rechts und geht los. Einen Schritt setzt sie vor den anderen. Sie sieht sich nicht um und hat noch immer kein Interesse an ihrer Umgebung. Das alles war ihr heute zu viel. Viel zu viel. Es ist noch keine achtundvierzig Stunden her, dass sie glaubte, eine Freundin fürs Leben gefunden zu haben. Nun hat sie sie vielleicht für immer verloren … Das Einzige, was sie von ihr weiß, ist deren Vorname, dass ihr Vater im Immobiliengeschäft tätig ist und dass sie in Lissabon zu Hause ist. Nicht gerade viel, um einen Menschen wiederzufinden.

Der heutige Tag war eine emotionale Achterbahnfahrt für Angelica und das spürt sie. Totale Erschöpfung breitet sich in ihren Gliedern aus, als wäre sie heute stundenlang gelaufen.

Dann mischt sich wieder ihr Kopf ein um ihr zum wiederholten Male mitzuteilen, dass sie jetzt wirklich eine Unterkunft braucht. Doch ihr Herz ist nicht mehr dazu bereit, mit Menschen zu reden, Preise zu erfragen und darauf zu achten, ob es sich auch richtig anfühlt, dort zu schlafen … Allein diese Gedanken machen Angelica und ihr Herz bereits müde – noch müder als sie schon sind.

Stattdessen geht Angelica einfach immer weiter am Strand entlang, vorbei an den Häusern, die sie keines Blickes würdigt. Irgendwann hat sie die Stadt hinter sich gelassen. Vor ihr sind nur noch die endlose Weite eines unbewohnten Strands, das Meer und eine hohe Felswand, die sich entlang der Küste erstreckt. Sie glaubt im Licht des Mondes, in der Ferne eine Einbuchtung in der Felswand zu erkennen. Eine Art natürliche Höhle vermutet sie und beschließt: Das wird der Ort sein, wo sie sich heute niederlässt. Auch wenn ihr Kopf versucht, ihr mit drängenden Gedanken Angst zu machen, um sie davon abzuhalten: *Du bist verrückt! Die Stadt ist gefährlich! Du musst gut aufpassen, sonst wirst du überfallen!* In diesem Moment hat sie keine Kraft mehr dafür, ihrem Kopf Aufmerksamkeit zu schenken.

Einfach hinlegen, einfach schlafen. Das ist alles, was sie will. Der Verlust von Marlena macht ihr schwer zu schaffen. Auch wenn sie ihr alles Glück der Welt wünscht, sie vermisst sie. In Angelicas jungem Leben kam es bis jetzt sehr selten vor, dass sie jemanden in so kurzer Zeit so nah an sich herangelassen und ihn dann so schnell wieder verloren hat. Eigentlich noch nie.

Was war das?!

Als sie glaubt, nur noch wenige Meter von der Höhle entfernt zu sein, hört sie plötzlich ein seltsames Geräusch.

Ein tiefes Knurren direkt vor ihr.

Angelicas Instinkte übernehmen das Kommando und sie erstarrt. Sie erkennt, wie ein kniehoher zotteliger Hund mit gesträubtem Fell bedrohlich aus der Dunkelheit auf sie zu marschiert. Seine gefletschten Zähne erscheinen ihr übergroß und er knurrt sie wütend an. Angelica will weglaufen, doch ihre Füße gehorchen ihr nicht. Der Hund kommt immer näher.

War es das wert? Du dummes, dummes Kind!, schreit ihr Kopf sie bestätigt in seiner Angst an. *Was musstest du dich auch auf diese Reise einlassen? Das hast du nun davon. Bringst dich in Gefahr an einem sizilianischen Strand, nur weil du nach deinen Wurzeln suchen willst, und lässt dich dabei noch von der Trauer um den Verlust einer seltsamen jungen Frau überwältigen, weshalb du umso unvorsichtiger warst.*

Doch ihr Herz bleibt unbeeindruckt und mit der Kraft, die es aus dem Nachhallen der freudigen Verbindung zu Marlena spürt, öffnet es sich und lässt Liebe durch Angelicas Körper fließen. Mit einer letzten kraftvollen

Handlung sendet Angelicas Herz ihr ein Signal: *Der Hund ist genauso ängstlich wie du, lass dich nicht erschrecken!*

Sie hört auf ihr Herz und zögert. Dann öffnet sie vorsichtig den Rucksack, während der Hund knurrt, aber vorerst nicht näher kommt. Langsam holt sie die Wasserflasche heraus. Danach lässt sie sich auf die Knie sinken, denn ihre Füße tragen sie nicht mehr.

Dabei sieht sie, dass dieser dunkle Hund seinen Schwanz zwischen den Hinterbeinen eingeklemmt hat. Ein Zeichen für Angst, erinnert sie sich.

Mit bebenden Händen schraubt Angelica die Wasserflasche auf, schüttet etwas davon in ihre hohle Hand und hält sie dem knurrenden Hund entgegen. Ihre Finger zittern dermaßen, dass kaum Wasser in ihrer Hand bleibt. Diese Sekunden, als der Hund sie knurrend anblickt und auf ihre Hand schielt, kommen Angelica endlos vor.

Der Hund stellt das Knurren langsam ein. Sein Körper entspannt sich etwas und die bis gerade eben noch gesträubten Haare legen sich wieder. Das Tier streckt sich und versucht mit dem Kopf möglichst nah an das kostbare Nass zu kommen, während der Rest seines Körpers wirkt, als würde er sich gegen ihre Nähe sträuben.

Es ist ein Kampf gegen seine Instinkte, den der Durst gewinnt.

Ausgetrocknet, rau und dennoch fast zärtlich fühlt sich die Zunge an, die plötzlich über Angelicas Hand schleckt. Sie zuckt kurz von dieser Berührung zurück. Gehört doch genau diese Zunge zu den scharfen Zähnen, deren Anblick sie eben noch mit Angst erfüllt hat. Beide erstarren, unsicher darüber, wie das andere Wesen reagieren wird. Auch Angelica kämpft gegen ihre Instinkte. Jene Triebe, die ihren Vorfahren seit Urzeiten erfolgreich geraten haben, Abstand von knurrenden Tieren zu halten. Dann gibt sie sich einen Ruck, füllt Wasser nach und nähert ihre Hand langsam wieder dem Hund. Erneut spürt sie die raue und dennoch zarte Zunge und hört das gierige Schlucken eines durstigen Tieres. Die Spannung der Situation entlädt sich in einem Lachen der Erleichterung.

Angelicas Herz sieht sich skeptisch um und ruft ein „Hallo?“ in seine Umgebung. *Wohnt hier noch jemand anderer in diesem Körper oder seit wann gibt sich diese junge Frau selbst einen Ruck, um auf gefährliche Situationen mit offenem Herzen zuzugehen?* Doch außer Angelica scheint niemand da zu sein.

Sie kramt ein Trockenwürstchen aus ihrem Rucksack hervor und hält es dem Hund hin. Er frisst es gierig und schleckt danach ihre Finger ab. In Gedanken schickt sie ein stilles ‚Danke‘ an den gut aussehenden Bäcker, der ihr diese angedreht hat. Der Hund schnappt sich zögerlich ein weiteres Stück, dann dreht er sich schnell um und hastet mit großen Sprüngen in das Schwarz der Nacht.

Angelica kippt rückwärts in den Sand. Sie kann nicht mehr und ihre Augen fallen innerhalb von Sekunden zu. Rund um sie wird es dunkel und sie sinkt in einen tiefen und traumlosen Schlaf.

Am nächsten Morgen wird Angelica von einem Tippen an ihrem Fuß geweckt. Müde öffnet sie die Augen und blinzelt in die Sonne.

„Duu-uuu!“

Ein kleiner Junge mit kastanienbraunem Haar steht vor ihr und hat die Hände in die Hüften gestemmt, während er sie ernst ansieht.

„Ja?“, bringt Angelica kaum über die trockenen Lippen. Ihre Zunge ist wie ausgedörrt. Sie hat gestern kaum etwas getrunken.

„Du liegst im Wassergraben meiner Burg!“, maßregelt der Kleine sie ernst. Als Angelica ihn verwirrt anblickt, setzt er nach: „So geht das nicht!“

Sie versucht sich zu orientieren. Tatsächlich! Neben ihr erhebt sich eine große Sandburg mit einigen schiefen Türmen. Angelica sieht nach links und nach rechts. Der weiße Sand erstreckt sich in alle Richtungen und außer den beiden ist keine Menschenseele zu sehen. Nur der kleine Junge und Angelica sind hier ... und natürlich das windschiefe Sandkonstrukt.

„Kannst du ... die Burg nicht woanders bauen?“, fragt Angelica, als sie entdeckt, wie viel freien Platz es rund um die beiden gibt.

„Kannst du nicht woanders schlafen?“, äfft sie der kleine Junge nach.

Angelica ist zu müde, um zu diskutieren, trotzdem kann sie ein Grinsen nicht unterdrücken. So ein schlagfertiger Sturkopf, das gefällt ihr irgendwie.

Sie rutscht einen Meter nach hinten und findet im Schatten der Felswand Schutz vor der Sonne. Dort trinkt sie erst mal etwas, während sie den Kleinen müde beobachtet.

Der Junge ist sichtlich zufrieden und fängt an, seinen Wassergraben fachmännisch mit seiner kleinen Schaufel auszugraben.

Angelica ist erschöpft, was nach dem gestrigen Tag wohl kein Wunder ist. Sie seufzt traurig. *Die Überfahrt mit der Fähre, die Verabschiedung von Marlena und das Stapfen durch den Sand auf der Suche nach einem Schlafplatz ... Und ... war da nicht auch ein Hund?*

Angelica schüttelt den Kopf. Wahrscheinlich hat sie einfach nur schlecht geträumt.

„Du sitzt schon wieder im Weg!“, holt sie eine piepsige Stimme zurück in die Realität. Angelica ist sprachlos. Der

Kleine hat quer durch den Sand seinen Wassergraben bis zu ihr gezogen.

„Sag mal, was wird denn das? Ziehe ich deine Wasserstraße magisch an oder so?“, fragt Angelica.

Der Knirps kratzt sich nachdenklich am Kopf. Anschließend hebt er die Hände mit den Handflächen nach oben und zuckt mit den Schultern. „Keine Ahnung, kann schon sein.“

Sie lacht, streckt ihre Finger aus und kitzelt den Jungen. „Du kleiner Frechdachs, du!“, neckt sie ihn.

„Hey, aufhören.“ Der Junge versucht sich zu entwinden und erhebt zur Verteidigung empört seine Spielzeugschaufel.

„Du behinderst hier ein wichtiges Bauprojekt!“, ruft er.

„Na gut, dann komm mal her und zeig mir, was ich tun muss, um dir zu helfen.“ Der Junge betrachtet sie zweifelnd, als dächte er darüber nach, ob sie wohl die ausreichenden Qualifikationen dazu hat. Schließlich nickt er. „Also wir brauchen …“ Auf einmal erstarrt er und zeigt mit dem Finger an Angelica vorbei.

Sie folgt seinem Blick und dreht sich um. Ein großer schwarzer Hund sitzt vor ihnen auf den Hinterläufen.

Angelicas Gedanken überschlagen sich, sie erinnert sich an das Knurren von gestern, und von einem Moment zum nächsten ist sie von Angst erfüllt. Sie hat nicht nur Angst um sich, sondern auch um den kleinen Jungen.

Seltsam, wie schnell Menschen zwischen Emotionen wechseln können, grübelt das Universum. *Innerhalb weniger Sekunden können sie Angst, Zorn, Freude und Ekel empfinden. Doch bei anderen Wesen glauben sie, dass ein momentaner emotionaler Moment, wie gestern bei dem Hund, gleich charakteristisch für das gesamte Verhalten ist. Auch Hunde haben schlechte Tage,* stellt das Universum augenzwinkernd fest und verschiebt Angelicas Blickfeld um wenige Millimeter.

Genau in dieser Sekunde erstarrt Angelicas Welt. Alles bewegt sich nur noch in Zeitlupe und sie erinnert sich, wie schnell sich die Situation gestern entspannt hat.

Sie tastet nach ihrem Gepäck, während der Hund mit seinem Blick misstrauisch ihren Bewegungen folgt. Sie greift langsam nach der Wasserflasche, schüttet etwas davon in ihre hohle Hand und kniet sich hin. Mit der anderen Hand schiebt sie den kleinen Jungen zur Sicherheit hinter sich.

Sie hält dem Hund noch etwas unsicher das Wasser entgegen. Wie gestern reagiert er zögerlich, versucht nur seine Schnauze in ihre Reichweite zu bringen und den restlichen Körper von ihr fernzuhalten. Doch als seine Zunge das köstliche Wasser aufschleckt, entspannt er sich mehr und mehr. Schließlich setzt er sich vor ihr auf den Boden und wartet geduldig, bis sie Wasser nachfüllt.

Angelica greift nach hinten und holt die Würstchen heraus. Der schwarze Hund frisst ihr das erste aus der Hand und schmatzt dabei genüsslich. Als er ihr über die Hand schleckt, überrascht sich Angelica selbst: Sie streckt ihren anderen Arm aus und berührt vorsichtig das Fell des Hundes.

„Ja!“ Das Herz freut sich über eine Angelica, die mehr und mehr beginnt, der Welt zu vertrauen.

Kurz hat es den Anschein, als zuckte der Hund unter ihrer Berührung zurück, doch dann hält er zitternd still und Angelica streichelt ihm weiter beruhigend über das Fell. Das zweite Würstchen, das sie ihm hinhält, schnappt er sich jedoch und ist von einem Moment zum nächsten wieder weg.

Seltsam, meldet sich ein Gedanke in ihrem Kopf. Doch Angelica atmet hörbar aus und ist zu glücklich, wie gut alles ausgegangen ist, als dass sie weiter darüber nachgrübelt. Anschließend dreht sie sich zu dem kleinen Jungen. Er steht erstarrt hinter ihr mit der Schaufel in der erhobenen Hand.

„Hey, du, alles gut?“, fragt sie ihn. Der Schock lässt nach und der Kleine fängt an zu weinen.

„Hey, hey“, versucht sie ihn zu beruhigen und nimmt ihn vorsichtig in die Arme. Ein seltsames Gefühl, so einen Knirps zu trösten. Nach einigen Minuten lässt das

Weinen nach und sie fragt: „Wie heißt du eigentlich?“, um den Jungen abzulenken. „J… J… Jonas“, kommt die gestotterte Antwort.

Sie nickt und antwortet: „Also, Jonas, ich bin Angelica. Was sagst du, sollen wir deine Burg weiterbauen?“

Der Kleine nickt.

Die beiden verbringen den Vormittag damit, die Burg voranzubringen, natürlich unter strengen Anweisungen von Jonas. Nach einiger Zeit beginnt Angelica, die Ruhe und Entspannung zu genießen, die sich einstellt, wenn man sich auf etwas konzentriert, über das man nicht viel nachdenken muss. Als es fast Mittag ist, blickt der Kleine zur Sonne auf und sagt: „Ich muss nach Hause, zum Essen. Treffen wir uns morgen wieder?“

Angelica nickt ihm aufmunternd zu und ohne weitere Worte macht sich Jonas auf und davon. Sie sieht ihm noch eine Weile hinterher und ist verwundert von den bisherigen Ereignissen des Tages. Die Welt erscheint ihr jeden Tag unglaublich reich an neuen Erlebnissen.

Wie anders ist doch die Welt auf Reisen.

Aber manche Bedürfnisse ändern sich nicht und so meldet sich gleich darauf ihr Magen mit einem Knurren. Und so macht sie sich auf den Weg in die Stadt, um sich etwas zu essen und zu trinken zu organisieren. Dabei beobachtet sie die Menschen und fühlt sich irgendwie zu müde, um mit ihnen in Kontakt zu treten. Sie will lieber die Zeit mit sich selbst verbringen, als auf neue

Menschen zuzugehen. Die Trennung von Marlena hängt ihr immer noch nach und es fällt ihr schwer, gleich wieder Kontakte zu knüpfen. *Kleine Kinder, die mit mir eine Burg bauen, ausgenommen,* stellt sie lächelnd fest. Um die Ruhe und Zeit für sich am Strand auch wirklich genießen zu können, muss sie nur noch eines erledigen. Auf dem Rückweg zum Meer bleibt sie bei der Touristeninformation, die sie schon vorher aus dem Augenwinkel wahrgenommen hat, stehen. Dort erkundigt sie sich, ob es erlaubt ist, am Strand zu übernachten, und wie sicher das hier ist. Die nette Dame hinter dem Schalter, die beeindruckt von ihrem Italienisch inklusive sizilianischem Akzent ist, versichert Angelica zu ihrer Zufriedenheit, dass sie ohne Bedenken am Strand campieren kann.

Und so beschließt sie, noch eine Nacht am Meer zu verbringen, anstatt sich eine Unterkunft in der Stadt zu suchen.

Als sie mit ihren Einkäufen an den Strand zurückkehrt, bemerkt Angelica überrascht, dass er wieder leer ist und es langsam dunkel wird. In Gedanken versunken scheint die Zeit an ihr vorbeigeeilt zu sein.

Sie hört dem Rauschen des Meeres zu, während sie Schritt für Schritt vorwärtsgeht. Bereits von Weitem sieht sie den Hund auf sich zukommen. Er hält etwas im Maul. Angelica setzt sich in den Sand und wartet. Als sie erkennt, was der Hund mit sich spazieren trägt, steigen ihr Tränen in die Augen: ein kleiner, rabenschwarzer Welpe. Es ist also eine Hündin, die nun ihr Junges sanft vor Angelica zu Boden lässt, sich auf die Hinterläufe setzt und sie traurig winselnd ansieht.

Angelica versteht, nimmt die Wasserflasche und füllt etwas davon in ihre hohle Hand. Der Welpe ist gerade mal so alt, dass er die Augen öffnen kann. Er schmiegt sich an Angelicas Hand und schleckt gierig Wasser. Die Hündin legt sich auf die andere Seite und beobachtet die zwei. Ruhig, aber wachsam.

Das also war der Grund, warum sie hier am Strand bleibt und gestern so geknurrt hat, als Angelica sich näherte. Sie ist eine Mutter, die auf ihr Junges aufpasst und es beschützt. Und nun ist sie eine Mutter, die dafür sorgt, dass ihr Nachwuchs etwas zu trinken bekommt.

Nach und nach scheint der Durst des Welpen gestillt zu sein. Angelica kramt in ihrem Rucksack, findet noch ein letztes Würstchen und legt es den Hunden in mehreren Teilen hin. Der kleine Welpe knabbert an einem kleinen Stück herum, während die Mutter den Rest mit einem Biss verschlingt.

Dann schnappt sich die Hündin das Junge, entfernt sich mit ihm ein Stück von Angelica und legt das kleine Bündel in sicherer Entfernung zu Boden. Dort richtet sie sich bequem ein und legt ihren Kopf auf die Vorderpfoten, während der Welpe gierig Muttermilch trinkt. Angelica betrachtet die beiden schmunzelnd.

Noch zwei Reisende, die so wie sie versuchen, zaghaft neue Erfahrungen zu sammeln. Sie fragt sich, ob Menschen und Tiere wirklich so unterschiedlich sind. Haben nicht beide Wesen Angst, wenn sie aus ihren alten Verhaltensweisen ausbrechen? Wie schwer muss es dieser Hündin gefallen sein, Angelica ihren Welpen anzuvertrauen? Wahrscheinlich genauso schwer, wie es Angelica gestern gefallen ist, trotz ihrer Angst der Hündin die Hand entgegenzustrecken. Sie richtet ihren Blick in den Himmel und denkt, wie eigenartig doch die Wege im Universum sind, während sie langsam unter dem funkelnden Sternenhimmel in den Schlaf sinkt.

Das Universum nickt Angelicas Herz zu und die beiden umarmen sich. Es gefällt ihnen, wie viel offener Angelica mittlerweile auf andere zugeht. Dass ihr klar wird, wie ähnlich sie den anderen Wesen ist und wie wenig sie von ihnen trennt. Die beiden sehen sich in die Augen und nicken. Diese Empathie, stellen sie fest, ist ein großer Schritt auf Angelicas Weg zum eigenen Glück. Dennoch wissen sie beide, dass es nur einer von vielen Schritten ist, die Angelica auf ihrem Lebensweg gehen muss, um voranzukommen.

13.

Als Angelica am nächsten Tag aufwacht, erschrickt sie. Sie spürt etwas seltsam Haariges und Weiches an ihren Fingern. Vorsichtig zieht sie ihre Hand weg und hält Ausschau nach dem Verursacher. Doch was sie entdeckt, ist kein Ungetier, sondern ein süßes schwarzes Knäuel Leben, das gerade herzhaft gähnt. Sie verfällt den großen rabenschwarzen Welpenaugen, und bevor sie noch weitere Überlegungen anstellen kann, streckt sie ihre Hand aus, um das kleine Ding zu streicheln. Der Hund schleckt ihr mit der Zunge liebevoll über die Finger. Es kitzelt und Angelica muss kichern, als er an ihrem Finger zu kauen beginnt. Er scheint sich in der Nacht zu ihr geschlichen zu haben. Dann entdeckt sie die Mutter, die sie aus einiger Entfernung misstrauisch beobachtet. Angelica fragt sich, was diese Hündin schon durchgestanden hat. Welche Erlebnisse hat sie derartig misstrauisch gemacht?

Doch plötzlich hält sie inne: *Bin ich selbst nicht genauso? Tue ich mich nicht ähnlich schwer, mich anderen gegenüber zu öffnen?*

Sie schüttelt den irritierenden Gedanken ab und kümmert sich lieber um das Füttern der Mutter mit Essensresten aus ihrem Rucksack.

Nachdem sie gefressen hat, wirkt auch die Hündin entspannter. Als hätte sie das Leben nach einer harten Zeit nun überraschend mit etwas Gutem belohnt.

Angelicas Herz geht völlig darin auf, die Hunde zu verpflegen. In den letzten Tagen hat es immer mehr Freiheit erfahren und kann sich voller Freude ausdehnen. Mehr Raum, um das zu sein, was es sein will, und unabhängig von den Meinungen anderer. Die Einzigen, die Angelica gerade beobachten, sind zwei Hunde. Und natürlich das Universum, aber davon bekommt Angelica nichts mit.

Sie merkt, dass ihr Proviant zur Neige geht. Gestern war sie noch ein bisschen wie in Trance und hat nicht wirklich nachgedacht, wie viel sie einkaufen muss. Sie hat nicht vor, in diese hungrigen Augen zu sehen, ohne etwas gegen den Hunger tun zu können.

Also geht sie los und organisiert alles, was sie und ihre Gefährten brauchen. Ein warmes Gefühl begleitet sie dabei. Sie genießt es, dass sie für die Hunde da sein kann. Für diese Vierbeiner ist sie wichtig. Als sie später zusammensitzen, fällt Angelica auf, dass die Distanz zwischen ihr und der Hündin immer geringer wird.

„So wie es aussieht, werden wir langsam eine richtige Patchworkfamilie", sagt sie und lächelt bei der Vorstellung.

Die Hundemutter sieht sie mit schief gelegtem Kopf an. Angelica glaubt nicht, dass sie irgendein Wort von dem versteht, was sie sagt. Doch dann bellt die Hündin überraschend und Angelica nickt.

„Ich nehme das mal als Zustimmung", entgegnet sie. Sie öffnet eine Dose Futter für die Hündin und geht zu ihrem improvisierten Meereskühlschrank. Alle Lebensmittel hat sie in eine Plastiktüte gepackt und mit einem Faden ins Meer gehängt. Ein passender Stein am Strand hält alles für einige Stunden an seinem Ort. Aus ihrem Vorrat macht sie sich selbst ein Mozzarella-Tomaten-Basilikum-Ciabatta. Mitten am sizilianischen Strand, den Geruch des Meeres in der Nase, den Blick auf das türkisblaue Wasser gerichtet, inklusive gutem italienischen Essen.

Gibt es etwas Besseres?, fragt sie sich.

Am Nachmittag taucht Jonas wieder auf. Er beobachtet Angelica argwöhnisch, die inmitten des Rudels sitzt. Als sich der Knirps nähert, setzt sich die Hündin ruckartig auf und blickt ihn skeptisch an. Er bleibt verunsichert stehen.

Doch Angelica gibt der Hündin etwas zu essen, damit sie beschäftigt ist, und spaziert durch den Sand auf den Jungen zu.

„Ganz ruhig, Kleiner!“, sagt sie, kniet sich zu ihm auf Augenhöhe und deutet auf die Hündin, die gerade mit Essen beschäftigt ist. „Siehst du den Welpen? Das ist das Kind der Hündin und um den hat sie gerade mehr Angst, als du vor ihr haben kannst. Verstehst du das?“

Jonas nickt langsam. Dann sieht er Angelica in die Augen. „Bist du eine Hundebändigerin?“

Sie lacht, hebt die Hände mit den Handflächen nach oben, so wie er es gestern gemacht hat, und zuckt mit den Schultern. „Vielleicht“, sagt sie und zwinkert ihm zu. Gemeinsam gehen sie in Richtung Meer, damit sich die Hündin etwas entspannen kann.

Heute malen sie Formen in den Sand und heben einen Minisee am Meeresrand aus, genau dort, wo die weißen Wellen des türkisblauen Meeres auf den Strand treffen. Natürlich gehört auch eine Sandburg dazu, die fast so groß wie der Junge ist, wenn er davorsitzt.

„Sag mal“, meint Angelica, „wo sind eigentlich deine Eltern?“

„Arbeiten“, erwidert Jonas einsilbig.

„Und wo?“, bohrt sie nach.

„In Frankreich.“

„In Frankreich? Was machen die denn da?“, fragt Angelica überrascht.

Der Junge atmet genervt aus. „Also du kannst Fragen stellen.“ Er schüttelt missbilligend den Kopf. Anschließend antwortet er: „Na Geld verdienen, weil es hier nicht so viele gute Jobs gibt, zumindest behauptet Papa das.“

„Und wo lebst du dann?“

Jonas zeigt auf die Spitze der Felsküste. „Da oben, mit meiner Oma, weil meine Eltern wegen der vielen Arbeit nicht so viel Zeit haben. Aber Oma spielt nicht so gern“, antwortet der Kleine offensichtlich enttäuscht. „Sie sieht viel lieber fern und nicht gerade das spannendste Programm“, schiebt er noch nach und verdreht die Augen.

Angelica nickt nachdenklich. Langsam fragt sie sich, ob das hier der Strand der verlorenen Seelen ist. Hunde, die nichts zu fressen und zu trinken haben, eine Achtzehnjährige auf der Suche nach ihren Wurzeln und ein Junge, der seine Eltern vermisst. Es ist schon merkwürdig, welche Truppe hier zusammengekommen ist.

Auf einmal hört sie ein leises Fiepen hinter sich und dreht sich um. Der Welpe nähert sich den beiden in einem tollpatschigen Watschelgang, der voller Tatendrang nur so strotzt.

Sie sieht den Jungen an, der ganz ins Sandburgbauen vertieft ist, und grinst. „Ich kenn da jemanden, der sehr gerne spielt. Magst du ihn kennenlernen?“

Jonas schaut Angelica skeptisch an. „Wen?“

Sie steht auf, schnappt den Welpen mit beiden Händen und setzt ihn vorsichtig vor dem Jungen ab. Der kleine Hund, der heute wohl seine neuen Sprungfähigkeiten testen will, zögert nicht lange und hüpft auf die Sandburg, sodass er dem Gesicht des Knirpses näher kommt. Mit Euphorie schleckt er ihm übers Gesicht, bevor die Sandburg unter ihm zusammenstürzt und er hinunterkullert, was seiner Begeisterung jedoch keinen Abbruch tut.

„Bäh“, macht Jonas und wischt sich mit dem Unterarm über die Wange. Bestürzt fügt er hinzu: „Hey … das war meine Sandburg.“ Doch dann muss er lachen. Keine Minute später tollen die beiden im flachen Wasser herum und spielen ausgelassen miteinander. Angelica beobachtet die beiden glücklich. Vielleicht können sich verlorene Seelen ja gegenseitig helfen.

Das Universum nickt euphorisch. Ja, das können sie. Denn jedem fehlt etwas anderes, und das Wunderbare daran ist: Wenn die Wesen anfangen, sich füreinander zu öffnen, wird die Liebe dadurch nicht weniger, sondern mehr. Das Universum hat dafür gesorgt, dass dieses Gesetz immer gilt. Mag man auch manchmal noch so verletzt und verloren im Leben sein.

Als die Sonne untergeht, sitzt Angelica mit ihren Gefährten am Strand. Jonas ist schon lange nach Hause gegangen. Die restlichen drei hören dem Meer zu, wie es die Wellen gegen den Strand rollen lässt. Angelica denkt an Marlena, die vielleicht schon in Portugal ihren Vater in die Arme geschlossen hat. An den kleinen Jungen, dessen Eltern ihn bei seiner Oma abgegeben haben, damit sie Geld verdienen. Es muss schwierig für sie gewesen sein, ihn hier zurückzulassen, und doch hat Angelica den Eindruck, dass es in dieser Situation der richtige Schritt war. *Sind wir alle nicht manchmal verlorene Seelen, die mutig ihre Schritte ins Unbekannte wagen müssen? Die Welt scheint voller Abenteuer zu sein, die es zu entdecken gibt.* Und dabei handelt es sich zum Glück meistens um die gute Art von Abenteuern, stellt sie grinsend fest, als sie den Welpen beobachtet, der herzhaft gähnt.

Nach einem wunderschönen Sonnenuntergang, der die Wellen des Meeres violett funkeln lässt, tauchen langsam die Sterne am Nachthimmel auf.

Und dann ist er da. Der Himmel, von dem sie Theo erzählen wird, wenn sie wieder zurückkommt. Es ist keine Frage, dass dies der richtige Moment ist – gewisse Dinge weiß man einfach, wenn sie auftauchen. Am Firmament leuchten Tausende Sterne in unzähligen Farben der himmlischen Farbpalette. Zum ersten Mal nimmt sie den sizilianischen Sternenhimmel bewusst wahr. *Zum Glück bin ich hier am Strand und nicht in einer Pension in der Stadt gelandet,* denkt sie sich, während sie langsam und zufrieden in den Schlaf sinkt.

Das Universum freut sich für Angelica. Ohne dass es ihr bewusst geworden ist, hat sie wieder ein Stück mehr zu sich selbst und ihrem Ursprung gefunden. Oftmals sind die großen Erkenntnisse jene, die man nicht sofort wahrnimmt. Bei denen man erst nach einigen Jahren und wenn man zurückblickt, versteht, was wirklich passiert ist. Bei denen man sich mit der Hand an die Stirn schlägt und denkt: *Wieso ist mir das nie aufgefallen? Es war doch schon damals zu sehen!* Genau ein solcher Augenblick ist das gerade für Angelica, und als das Universum die Augen zukneift, um ihr Stundenglas genauer zu beobachten, nimmt es eine eigenartige Bewegung wahr. Fast hat es den Eindruck, dass ein paar Sandkörnchen wieder aufwärts fließen, aber dann erkennt es, dass die Körnchen nur tanzen.

„Ja, es ist ein besonderer Moment“, bemerkt das Universum zufrieden. Denn es weiß, dass die Menschen solche Momente brauchen wie die Luft zum Atmen. Vielleicht nicht so häufig, aber mindestens so dringend.

14.

Angelica bleibt noch einige weitere Tage am Strand, kümmert sich um die Nahrungsversorgung der Truppe und allmählich nähert sich die Hündin immer mehr an. Irgendwann legt sie sich abends mit ihrem Welpen zu Angelicas Füßen. Ab diesem Zeitpunkt ist es ausgemachte Sache, dass sie die Nächte in gegenseitiger Nähe verbringen.

Ab und zu kommt Jonas vorbei und leistet ihnen Gesellschaft. Er und die Hündin haben noch großen Respekt voreinander und eigentlich findet Angelica das ganz gut so. Besser so, als wenn sie einer alten Frau mit italienischem Temperament erklären müsste, warum ihr kleiner Sonnenschein von einem Streuner gebissen wurde, mit dem Angelica offensichtlich seit einigen Tagen am Strand zusammenlebt.

So idyllisch die Tage sind und so gut das ihrer Reisekasse tut, Angelica wird klar, dass sie nicht ewig hier draußen am Strand leben kann. Das beginnt ihr langsam Sorgen zu machen, denn sie möchte die kleine Hundefamilie nicht alleine lassen. Aber genauso wenig kann sie die beiden einfach einpacken und mitnehmen, ohne zu wissen, wohin. Sie schüttelt den Kopf.

Es ist ungewohnt, wieder schwere Gedanken zu wälzen. In den letzten Tagen war das Grübeln dankenswerterweise zum Stillstand gekommen. Die vergangenen Tage waren erfüllt von einer natürlichen Leichtigkeit und süßem Nichtstun. Auch diesmal gelingt es ihr wieder, die Grübeleien einfach ziehen zu lassen, und sie konzentriert sich auf die Freude des Moments.

An diesem Abend wird im Rudel ausgiebig gekuschelt und gemeinsam das rot-goldene Schauspiel des Sonnenuntergangs betrachtet. Es ist dermaßen beeindruckend schön in seiner Stille, Leichtigkeit und Farbenpracht, dass Angelica ebenfalls ganz ruhig wird, sich leicht fühlt und fast glaubt zu strahlen.

Das Universum freut sich für Angelica. Es weiß, dass das Innen und Außen miteinander verbunden sind. Es schüttelt immer wieder verwirrt den Kopf, wenn es Menschen beobachtet, bei denen das Außen nicht mit dem Inneren im Einklang ist.

Menschen, deren Inneres und Äußeres übereinstimmen, bewegen sich im Fluss mit sich selbst und ihrer Umgebung. Wenn sie an dem Punkt angelangt sind, wo sie einfach leben, was sie in diesem Augenblick sind, und sich mit ganzem Herzen darauf einlassen können, wird das Leben einfach und man gewinnt scheinbar Zeit, um seinen Weg zu gehen. Das Universum betrachtet Angelica. „Es wird wohl noch ein Weilchen dauern."

Den Sonnenuntergang zu beobachten und ergriffen von der Schönheit innerlich ruhig zu werden, ist zwar ein guter Anfang und die Körnchen im Stundenglas rieseln nicht mehr mit derselben Geschwindigkeit als noch vor einigen Tagen. Trotzdem ist nur noch ein kleines Häufchen im oberen Trichter zu sehen. „Langsam wird es so oder so leider knapp", stellt das Universum leicht unruhig fest.

Der Höhepunkt ist für Angelica auch heute wieder die Nacht. Natürlich sind es immer dieselben Sterne, und dennoch sieht der Nachthimmel jedes Mal anders aus.

Sie prägt sich jede neue Facette ein.

Wie bei dem Brunnen mit den Schlössern sammelt sie die Himmelszeichnungen wie gute alte Freunde. Sie findet neue Schattierungen, entdeckt ihr unbekannte Sterne, und erkennt neue Formationen. All das platziert sie in ihre große Gedankenschublade, auf der mit goldenen Buchstaben „Theo" steht. Sie ist bereits bis zum Bersten gefüllt. *Ich habe schon ganz schön viele Sternenhimmel und Erinnerungen für Theo gesammelt,* stellt sie zufrieden fest. Das gefällt ihr. Denn sobald es so weit ist und sie für Theo diese Schublade öffnet, werden ihr alle diese gespeicherten Eindrücke die farbenprächtigsten aller Beschreibungen ermöglichen. Eine Darstellung, die Theo hoffentlich in seiner Fantasie direkt nach Sizilien versetzt – an den gleichen Ort, an dem sie jetzt gerade ist. Allerdings entdeckt sie heute etwas komplett Neues am Himmel. Ein diffuses Gefühl scheint von hinten auf sie zuzuschleichen, und bevor sie sich recht orientieren kann, hat es sie bereits erreicht: Es gibt ihr zu verstehen, dass es an der Zeit ist, aufzubrechen und weiterzuziehen.

Mist, es war doch gerade so schön!

Angelica blickt vom Sternenhimmel zur Hündin, die ihre Schnauze auf Angelicas Bauch gelegt hat. Sie entdeckt eine Traurigkeit in sich, die sie als Vorbotin der Trennung zu deuten glaubt. Die Hündin spürt das offenbar und wird unruhig. Angelica ist überrascht darüber, wie schnell die Hündin auf ihr Gefühl, das sie selbst noch nicht ganz einordnen kann, reagiert, und streichelt ihr beruhigend über das Fell.

In den letzten Tagen hat ihr Herz in der Leichtigkeit und der Zuneigung der Hunde gebadet wie in einem Whirlpool unter freiem Himmel. Es war wunderschön, mit ihnen herumzutollen, zu spielen und im Wasser zu planschen. Soll sie das etwa schon aufgeben? Das Herz denkt nicht daran und ist sich ganz im Gegensatz zu Angelica sicher, dass sich eine Lösung für die Hunde finden wird. Denn es hat in den letzten Tagen an Urvertrauen gewonnen.

Angelica beschließt den Moment, zu genießen, statt weiter zu grübeln.

Doch ihre Gedanken lassen ihr heute Abend einfach keine Ruhe: *Das ist ja ganz schön, aber was genau stellst du dir bezüglich deiner Zukunft vor? Wie soll denn das hier bitte mit dir weitergehen?*

Es ist dieselbe Art von Fragen, die sie zu dieser Reise bewegt hat. Bis jetzt hat sie nur die gleiche Antwort parat, die sie bereits in Wien hatte: „Ich weiß es nicht." Aber im Gegensatz zu damals beunruhigt sie diese Antwort nicht mehr ganz so sehr.

Denn offenbar haben die letzten Tage am Strand etwas in ihrem Inneren ein Stück weit verschoben. Seit sie diese Reise angetreten hat, wusste sie oft nicht, was der nächste Schritt sein wird, und dennoch hat sich jeder Tag richtig angefühlt und ihr die Freude an besonderen Erlebnissen geschenkt.

Als sie langsam in den Schlaf gleitet, kommt ihr noch ein Gedanke: *Vielleicht ist die Abwesenheit von Plänen nur ein Raum voll von neuen Möglichkeiten?*

Als Angelica am nächsten Tag erwacht, begleitet sie ein seltsames Gefühl. Sie füttert die Hündin und beobachtet sie danach beim Stillen, doch sie ist nicht recht bei der Sache. Beim gemeinsamen Rumtollen und Spielen ist alles irgendwie ... asynchron.

So leicht und natürlich es die letzten Tage war, so holprig ist das Miteinander heute. Sie scheinen jetzt andauernd übereinander zu stolpern und mit der Gesamtsituation unzufrieden zu sein. Schließlich setzt sie sich in den Schatten und schaut aufs Meer, wo unablässig die Wellen an den Strand rollen. Sie ist nachdenklich. *Woher kommt dieses seltsame Gefühl und was hat es damit auf sich?*

Das Herz sieht verträumt in die Zukunft, denn es spürt schon etwas Neues. Das Herz freut sich auf diese Veränderung. Doch im Allgemeinen ist Angelica selbst nicht gut darin, sich einfach in die Zukunft zu stürzen. Sie überlegt lieber tausendmal und hält am bereits Existierenden fest. Manchmal bleiben dadurch Möglichkeiten ungenutzt.

Doch diesmal nicht, beschließt das Herz.

Es weiß, wie wichtig die Veränderung ist, und erkennt die Notwendigkeit, sich dem Fluss des Lebens anzuvertrauen. Darum schließt das Herz die Augen und streckt seine Hände aus. So schickt es Wärme und Weite in Angelicas Körper.

In diesem Augenblick sieht Angelica auf den Horizont und zu ihrer eigenen Verblüffung öffnet sich ihr Mund und sie sagt: „Es ist an der Zeit weiterzugehen."

Auch wenn sie selbst von dieser Aussage überrascht ist und noch nicht weiß, wohin ihr Weg sie führen soll, hat sie das Gefühl, dass gerade das nächste Abenteuer beginnt. Und obwohl sie spürt, dass dies die richtige Entscheidung ist, möchte ihr Kopf lieber im bereits Bekannten verweilen. *Es ist viel zu schön hier mit den Hunden am Strand,* versucht er sie zu überzeugen.

Aber Angelica unterbricht ihre eigenen Gedanken: *War es das wirklich noch? Hat es nicht von gestern auf heute irgendwie aufgehört, sich richtig gut anzufühlen?*

Die Stimmigkeit ist verloren gegangen, ihr Inneres scheint nicht mehr mit dem Äußeren im Gleichklang zu sein. Es wirkt, als sollte sie bereits woanders sein. Ihr wird klar, dass, wenn sich das Innere verändert, sich manchmal auch das Außen ändern muss. Da fällt ihr etwas ein und sie kramt in ihrem Rucksack herum. Zwischen den Seiten des Romans, den sie gelesen hat, findet sie, was sie sucht. Die kleine Notiz, die ihr Vater am Frühstückstisch geschrieben hat mit der Adresse und Telefonnummer von Tante Isabella. *Ja, das ist es!*

Doch als sie wieder aufsieht, entdeckt sie die Hündin, die vor ihr sitzt und sie mit schief gelegtem Kopf neugierig anblickt. Angelica streckt die Hand nach ihr aus und streichelt über ihr Fell.

„Meine Kleine, ich glaube, es ist an der Zeit für mich weiterzuziehen. Und ich will euch sehr gerne mitnehmen – nur wie?“ Nachdenklich schüttelt sie den Kopf, dann frag sie grübelnd: „Was soll's, wollen wir es einfach mal probieren?“

Die Hündin scheint zu überlegen, aber dann bellt sie zustimmend. Das überrascht Angelica.

„Na gut, lass uns mal schauen, wie wir das hinkriegen. Schließlich gehören wir zusammen, nicht wahr?“ Angelica krault die Hündin hinter den Ohren. Da fällt ihr auf, dass sie ihr noch immer keinen Namen gegeben hat. Sie sieht ihr in die Augen und überlegt.

„Was hältst du von ... Stella?“

Die Hündin bellt noch einmal.

„Gut, es ist abgemacht. Du heißt ab sofort Stella.“

Nach dieser Taufe nimmt sie den quirligen Welpen, der in letzter Zeit immer aktiver geworden ist, setzt ihn vorsichtig ganz oben in den Rucksack und hofft, dass die Dunkelheit ihn müde macht. Den Deckel schließt sie so, dass er nicht herausspringen kann, aber dennoch genügend Luft bekommt.

Sie schultert den Rucksack und macht sich auf den Weg nach Palermo. Das sanfte Schaukeln des Reiseapartments für den jungen Hund hat offenbar die erhoffte beruhigende Wirkung, denn schon bald hört sie nur noch ein leises Schnarchen. Stella bleibt dicht an ihrer Seite und achtet darauf, dass es ihrem Kleinen auch wirklich gut geht.

Plötzlich sieht Angelica, wie Jonas, mit dem sie in den letzten Tagen am Strand gespielt hat, auf sie zu rennt, und sie wird traurig. *Manchmal gibt es Menschen, mit denen wir ein Stück unseres Weges teilen, die wir dann aber ziehen lassen müssen,* stellt sie fest und erinnert sich an Marlena.

„Angelica, Angelica, wohin gehen wir denn?"

„Hey ..."

Sie weiß nicht, was sie sagen soll, und bekommt einen Kloß im Hals. Wie soll sie ihm das jetzt erklären? Doch der Kleine sieht sie bereits traurig, aber wissend an.

„Du ziehst weiter ... oder?"

Angelica seufzt. „Ja, es ist an der Zeit."

Der Junge nickt stumm. „Wie Mama und Papa. Du machst dich einfach davon."

Autsch, das tut weh. Sie beugt sich zu dem Knirps hinunter. „Hey Kleiner, ich würde echt gerne bleiben, aber ich muss weiterziehen. Es tut mir leid ..."

Dem Jungen rinnen Tränen aus den Augen. Er versucht tapfer, sie zur Seite zu wischen. Angelica wird selbst ganz traurig, doch ihr Herz sendet ihr die rettende Idee und ein kleines Lächeln stiehlt sich auf ihre Lippen. Sie greift in eine der Seitentaschen ihres Rucksacks und holt die bunte Feder heraus, die sie von Marlena im Zug bekommen hat, nachdem sie das Stoffküken scheinbar verschluckt hatte, und zeigt sie Jonas. Der hört zu weinen auf, schnieft aber noch ein wenig.

„Was ist das?“

„Psst“, sagt Angelica geheimnisvoll und sieht von links nach rechts, als vergewisserte sie sich, dass auch wirklich niemand zuhört. „Das, mein Kleiner, ist eine magische Feder. Sie gehörte der größten Zauberin, der ich jemals begegnet bin. Einer, die goldene Herzen in den Himmel zeichnen kann und Dinge einfach verschwinden lässt, ohne dass irgendwer eine Ahnung hat, wie, und das, obwohl alle ihre Augen auf sie gerichtet hatten.“

Der kleine Junge kriegt große Augen. „Das kann sie?“

„Das kann sie!“

Er betrachtet die Feder argwöhnisch wie einen gefährlichen Gegenstand. Angelica unterdrückt ein Lachen, während ihr eine Träne über die Wange läuft.

„Ich bin ziemlich sicher, sie hätte gerne, dass du die Feder bekommst. Denn die Zauberin hat eine Vorliebe für Menschen mit großen Herzen.“

Angelica kniet sich hin und hält dem Kleinen die Feder hin, der sie ehrfurchtsvoll entgegennimmt und in den Fingern hält, als wäre sie ein besonderer Schatz.

„Danke!“, antwortet er und fällt ihr um den Hals.

Sie verweilen eine Zeit lang in der Umarmung, nur der Wind und das Rauschen des Meeres sind zu hören und die eine oder andere Träne ist zu spüren.

Doch schließlich lässt der Junge von Angelica ab. „Los, geh schon. Du sollst ja dein Abenteuer nicht verpassen!", sagt er zu ihr.

„Welches Abenteuer denn?"

„Na, das Abenteuer des Lebens." Der Kleine grinst und winkt Angelica noch lange nach, während sie sich auf den Weg macht.

Sie staunt über die Weisheit dieses Jungen.

„Manchmal frage ich mich, ob ich als Einziger nicht verstehe, was es mit dem Leben auf sich hat", murmelt sie kopfschüttelnd und schmunzelnd vor sich hin, während sie einen Fuß vor den anderen in Richtung Stadt setzt.

Zum ersten Mal geht Angelica direkt in die Stadt anstatt nur zum Supermarkt am Stadtrand. Auf dem Weg wird ihr deren Schönheit bewusst. Der verschnörkelte Stil der Gebäude passt zu den Palmen und den sandigen Straßen. Ganz zu schweigen von dem Türkisblau des Meeres, das sie gerade hinter sich lässt. Die Stadt ist verträumt schön mit ihren eleganten Bauwerken und irgendwie auf ihre eigene Art und Weise entspannt. Die Menschen scheinen keine Eile zu haben und das Leben zu genießen. Einige sitzen vor ihren Häusern oder Wohnungen auf dem Balkon und betrachten einfach nur die Gegend und Leute, während Angelica durch die Gassen spaziert. Doch hier zeigen sich auch die Gegensätze: Wunderschöne Architektur von arabischen bis hin zu altchristlichen Einflüssen ist zu bestaunen und gleich nebenan zeugen herabbröselnde Mauern der über Jahre verfallenen Häuser von Armut oder Interesselosigkeit der Besitzer. Dazwischen schlängeln sich enge Gassen labyrinthartig. Palermo ist eine Art Metropole des Besonderen, zwischen Alt und Neu in der ständigen Wiederentdeckung mit sich selbst. Zum ersten Mal, seit Angelica in Sizilien angekommen ist, hat sie das Gefühl, ein Stück Heimat wiedergefunden zu haben. Nicht die Heimat, die sie aus ihrer Kindheit kennt, sondern etwas Urtümlicheres und noch Vertrauteres. Etwas, das vor ihrer Zeit war und mit dem sie eine Verbindung hat. Auf dem Weg, den sie zurückgelegt hat, ist sie in kürzester Zeit über sandige Wege, jahrhundertealte glatt geschliffene Steingassen und neuen Gehsteigbelag gewandert. Sie fragt sich, warum ihre Eltern Sizilien wieder verlassen haben. Es erscheint ihr wie ein kleines Paradies.

Nachdem sie Proviant für Stella und sich gekauft hat, setzt sie sich auf die Treppenstufen eines Gebäudes und holt ihr Handy heraus. Sie hat nicht allzu viel Zeit, bevor der Kleine im Rucksack wieder munter wird und herumtollen möchte. Die Hündin sitzt zu ihren Füßen und sieht sie an. Etwas Aufforderndes liegt in ihrem Blick. Das verwundert Angelica ein wenig, denn schließlich kann sie doch unmöglich wissen, was sie vorhat.

Angelicas Herz drückt Stellas Herz an sich. Die Schnörkellosigkeit dieser Wesen, die ohne Schranken direkt von Herz zu Herz kommunizieren, berührt es immer wieder. Sie treten in Verbindung ganz ohne lästige Sprache, bei der man am Ende nie weiß, ob sich jemals die richtigen Worte finden für das, was im Inneren wirklich vorgeht.

Angelica sieht ihr Handy eine Weile stumm an. *Wenn ich das Ding jetzt einschalte, habe ich bestimmt einige Nachrichten, die ich dann auch besser beantworten sollte.* Ihr wird bewusst, dass sie noch nicht so weit ist, wieder in Kontakt mit den Menschen zu treten. Schließlich packt sie ihr Handy wieder in den Rucksack und spaziert zur vielleicht einzigen verbleibenden Telefonzelle der Stadt. Dort quetscht sie sich mit Stella und dem Rucksack hinein und fängt an zu wählen. Mittendrin hört sie auf und sieht auf die gegenüberliegende Häuserwand. Wie soll sie Tante Isabella überhaupt erklären, was sie will? Sie ist sich ja selbst nicht ganz sicher. Sie weiß nur eines, sie möchte die Hunde nicht zurücklassen. Wie genau soll sie damit umgehen?

Sie hat keinen blassen Schimmer.

Das Universum schmunzelt in sich hinein. Manchmal vergessen die Menschen, dass es in den relevanten

Momenten des Lebens gar nicht so wichtig ist, dass man selbst das eine Richtige sagt und tut. Denn wenn alles in eine Richtung deutet, hat das meistens einen guten Grund. Und wenn das der Fall ist, bekommt man Unterstützung von oben, von der Seite und von unten. So ist das, wenn man auf seinem Weg zu seinem Ursprung ist, egal wie verschlungen die Pfade dorthin auch erscheinen mögen, das Umfeld kann plötzlich sehr unterstützend sein – sogar wenn man eigentlich glaubt, seine Wurzeln zu suchen. So oder so, das Universum hilft einem, auf dem eigenen Weg weiterzukommen. Ein kleines Stück dieses Wissens schickt es mitten in Angelicas Herz.

Sie reißt sich zusammen und wählt erneut – diesmal bis zum Ende aller Ziffern. Etwas ängstlich wartet sie auf das Klingeln in der Leitung. Gleich nach dem ersten Ton meldet sich eine raue Frauenstimme.

„Ciao?“

„Ciao“, antwortet Angelica zögernd. Sie weiß gerade nicht wirklich, was sie sonst noch sagen soll. Kurz hört man nur das Atmen zweier Menschen, die auf den nächsten Schritt ihres Gegenübers warten.

Dann fragt Angelica: „Bist du Tante Isabella?“

Sie hört ein Lachen. „Nun, ich bin Isabella, ob ich deine Tante bin, das müssen wir beide erst noch herausfinden. Bist du Angelica?“

Sie ist erleichtert, die Stimme klingt gutmütig und herzlich. Hoffnung auf eine gute Lösung keimt in ihr auf, als sie Stella ansieht, die zu ihren Füßen sitzt und mit großen schwarzen Augen zu ihr aufblickt. Die Leichtigkeit, mit der diese Frau am anderen Ende der Leitung auf sie zugeht, berührt sie.

Eine Träne rinnt ihr über die Wange. „Ja."

„Das ist schön, mein Kind, wo bist du denn – schon in Sizilien?"

„Ja ... in Palermo, ich bin noch nicht wirklich weit gekommen."

„Manchmal geht es nicht um die Kilometer, die wir zurücklegen, sondern um die innere Reife, die wir bei jedem kleinen Schritt auf dem Weg erlangen."

Angelica glaubt, ein Lächeln in der Stimme ihrer Tante zu hören.

„Kann ich zu dir kommen?"

„Natürlich, wozu sind Tanten denn sonst gut?" Sie lacht und fügt hinzu: „Ich hole dich ab. Gib mir eine Stunde und sag mir, wo ich dich finden kann."

Sie gibt Isabella die Adresse des kleinen Supermarkts durch, bei dem sie die letzten Tage eingekauft hat. Es ist die einzige Adresse, die ihr in Erinnerung geblieben ist. Ihre Tante freut sich schon, sie zu sehen, und verspricht, bald da zu sein. Dann legt sie auf. Als Angelica das Gespräch beendet, wischt sie sich eine weitere Träne der

Erleichterung aus dem Augenwinkel. Nun ist auch sie überzeugt, dass alles gut wird.

Als sie zu Stella zu ihren Füßen blickt, hört sie ein leises Fiepen aus ihrer Tasche.

Und kurz wird sie doch etwas nervös. *Was wird Tante Isabella zu den Hunden sagen?* Die zwei hier allein zurückzulassen, käme für Angelica auf gar keinen Fall infrage. Sie sind schließlich bereits Teil ihrer Familie geworden. Sie hat die beiden in den letzten Tagen gut versorgt und fühlt sich nun für ihr zukünftiges Wohlbefinden verantwortlich.

Wenn meine Tante damit ein Problem hat, dann komme ich ohne sie aus!, stellt Angelica entschlossen fest. Schließlich gibt es Dinge im Leben, die sind wichtiger als andere. Und diese felligen Vierbeiner mit dem verspielten Wesen haben sich mühelos einen Weg in ihr Herz verschafft.

15.

Angelica begibt sich mit Stella an ihrer Seite und dem Welpen im Rucksack auf den Weg in Richtung Supermarkt. Der Kleine fiept immer mehr und das lässt die Hündin unruhig werden, was anfängt, Angelica nervös zu machen. Sie ist sich bewusst, dass Stella ihr einen ziemlichen Vertrauensvorschuss gibt, indem sie ihr das Tragen des Welpen überlassen hat. Beim Supermarkt angekommen wechselt sie die Straßenseite, wo etwas mehr Platz ist. Dort lässt sie den Welpen aus dem Rucksack und seufzt erleichtert.

Stella schnappt sich ihr Hundekind und schleckt es erst mal ausgiebig ab. *Wiedersehensfreude ist doch das Größte,* denkt sich Angelica und sieht Mutter und Kind bei der Wiedervereinigung zu. Sie setzt sich zu ihnen und beobachtet, wie sich Stella herzlich um ihren Nachwuchs kümmert. Angelica fragt sich, was wohl aus den anderen Welpen geworden ist. Soweit sie weiß, gebären Hunde normalerweise mehr als nur ein Junges. Aber der Kleine scheint der Einzige zu sein, der übrig geblieben ist. In diesem Moment packt die Hündin den Welpen am Genick, parkt ihn energisch vor sich und legt sich wachsam vor ihm hin. Ihr Blick sagt: „Reicht für heute mit der Aufregung, ja?“ Wenn Stella wüsste ...

Angelica sieht in die Ferne auf das Meer und von Zeit zu Zeit zu ihrem kleinen Rudel. Sie überlegt, wie es nun weitergehen wird. Wie wird Tante Isabella reagieren? Wird sie die Hunde einfach mitnehmen oder einen Aufstand machen? Oder holt sie womöglich sogar die Tierfänger?

Nein!

Angelica beginnt sich selbst zu beruhigen. Es wird schon alles in Ordnung gehen.

Nach einer weiteren halben Stunde des bangen Wartens, wie es wohl weitergehen wird, hört Angelica es hinter sich rumpeln. Sie dreht sich um. Ein großer roter Pick-up, von dem bereits die Farbe abblättert, kommt mit dem Knallen von Fehlzündungen näher. Eine große schwarze Rauchwolke hinter sich herziehend, parkt er vor dem kleinen Supermarkt. Eine Frau mit wild gelockten roten Haaren steigt aus und schaut sich hektisch um.

Ist das ... Tante Isabella?, fragt sich Angelica. Sie hat sie nie von Angesicht zu Angesicht gesehen. Nicht mal auf Familienfesten hat sie diese Frau zu Gesicht bekommen.

Umso verwunderlicher ist es, dass ihr Vater ihr diese Adresse aufgeschrieben hat. Schließlich haben sie noch eine Menge anderer Verwandte in dieser Gegend. Die Frau trägt kniehohe Cowboystiefel, Jeanshosen mit Hosenträgern, ein blaues Jeanshemd und einen Cowboyhut. Das kann doch nicht sein, oder? Sie denkt an den korrekten Kleidungsstil ihrer Eltern. Diese Frau hier scheint ein ganz anderes Kaliber zu sein.

Die Frau mit dem rauchenden Auto, das mehr knallt, als es fährt, und mit dem aberwitzigen Cowboyhut? Das *soll die Schwester meines Vaters sein?*

Angelica kriegt die Bilder in ihrem Kopf nicht zusammen.

Doch in diesem Moment entdeckt die rothaarige Frau sie. „Hey … du da drüben! Bist du Angelica?“

Sie nickt, noch immer leicht perplex. Angelica hat sich ihre Tante so anders vorgestellt. Viel … damenhafter. Diese Frau ist einfach nur Leben pur. Wie ein Wirbelsturm, der gerade mitten durch die Stadt gerast ist und vorhat, jetzt erst richtig Fahrt aufzunehmen. Tante Isabella lässt die Tür des Pick-ups offen und läuft über die Straße, ohne auf irgendwelche Autos zu achten. Sie geht einfach los, sieht nicht nach links oder rechts, begleitet von einem Hupkonzert und quietschenden Reifen, die versuchen rechtzeitig anzuhalten. Für Tante Isabella sind Autos offensichtlich ein Problem anderer Leute.

Angelica bleibt der Mund offen stehen. Die Augen leicht zugekniffen und die Schultern hochgezogen erwartet sie, gleich das Klirren eines Unfalls zu hören. Doch wie durch ein Wunder geschieht nichts. Tante Isabella rennt mit ausgestreckten Armen auf sie zu und umarmt sie ungebremst. Angelica kommt nicht einmal mehr dazu aufzustehen. Ihr bleibt die Luft weg. *Tatsächlich ein Wirbelsturm.*

„Schön, dass du da bist!“, freut sich Tante Isabella und sagt: „Lass dich mal ansehen.“

Sie nimmt einen halben Meter Abstand und geht einmal im Kreis rund um Angelica, als begutachtete sie einen Neuwagen.

„Du siehst gut aus, das muss ich dir lassen!“ Sie schlägt ihr auf die Schulter und lacht aus ganzem Herzen.

„Na dann, Kleine, lass uns fahren mit unserem alten Brummer. Nicht mehr der neueste, aber sparsamer, als man ihm zutraut – und er wird auch nur ein paar Mal im Jahr ausgefahren“, sagt sie augenzwinkernd zu Angelica, bevor sie ergänzt: „Der Gute hat schon ganz andere Sachen mitgenommen als eine Anhalterin und ihren Rucksack. Los geht's. Du wirst ein Wunder erleben, wenn wir bei mir sind.“

Angelica nickt unsicher. Das glaubt sie ihr aufs Wort. Sie ist der Meinung, schon jetzt ein Wunder erlebt zu haben. Die Menge an Energie, die von ihrer Tante ausgeht, hinterlässt bei ihr passenderweise den

Eindruck, in einen Autounfall verwickelt worden zu sein – aber in einen freundlichen. Alles ist gut gegangen, man ist nur irritiert über das, was gerade passiert ist. Doch da fallen ihr die Hunde wieder ein.

„Tante Isabella ...“

Sie dreht sich um und sieht Angelica schelmisch an. „Diesen Tonfall kenne ich doch. Was willst du, hm?“

Angelica zeigt auf die Hunde. „Die gehören zu mir!“

Der Blick ihrer Tante folgt langsam Angelicas ausgestrecktem Arm und landet schließlich bei Stella und ihrem Welpen. Die Hündin sitzt auf ihren Hinterläufen und sieht Isabella fragend an, während sich der Welpe hinter ihr versteckt. Tante Isabella lacht.

„Wen haben wir denn da? Zwei streunende blinde Passagiere?“ Sie beäugt Stella und den Welpen neugierig. Isabella tippt sich mit dem Finger auf die Nase. „Na, das müssen wir erst mal klären.“

Dann nimmt sie Zeigefinger und Daumen in den Mund, holt tief Luft und gibt einen markdurchdringenden Pfiff von sich. Ein tiefes Bellen antwortet aus den Untiefen des Pick-ups und im nächsten Moment springt eine Bulldogge aus der offenen Fahrertür. Genauso wie Angelicas Tante spaziert sie über die Straße, als gehörte ihr die Welt. Ob Glück oder Vorhersehung, die Straße ist gerade leer. Breitbeinig kommt der kniehohe, muskulöse Hund mit dem kleinen Stummelschwanz und dem großen Gebiss auf ihre Tante zu. Sie kniet sich hin und die beiden reiben die Köpfe freundlich aneinander.

„So, Roberto, find mal raus, ob die Kleinen zu uns passen“, sagt sie zu ihm.

Das ist jetzt ein Witz oder?, denkt sich Angelica entsetzt. Doch Tante Isabella gibt dem Hund einen Klaps auf den Hintern und zeigt auf Stella und den Welpen. Roberto spaziert los – in der typischen Bulldoggenmanier, wie ein Bodybuilder, der sich vor lauter Muskeln kaum bewegen kann. Schritt für Schritt geht er auf Stella und ihr Junges zu.

Angelica hat Angst um die zwei und macht einen Schritt nach vorne. Aber schneller, als sie schauen kann, landet eine Hand auf ihrer Schulter.

„Nicht!“, sagt Isabella und blickt Angelica ernst in die Augen. Der Griff ihrer Tante ist freundlich, aber bestimmt wie ein Schraubstock. „Das müssen die jetzt unter sich ausmachen“, ergänzt sie mild.

Roberto begutachtet und beschnüffelt die zwei Hunde neugierig. Stella rutscht ein Stück nach hinten, um Abstand zu ihm zu gewinnen. Kein Wunder, Roberto ist auch ein ziemliches Kaliber. Doch als er die Nase in die Nähe des Welpen streckt, richtet sich Stella zu ihrer vollen Größe auf, stellt die Haare auf und knurrt tief.

Roberto zögert kurz, aber er scheint nur kräftig zu sein und nicht lebensmüde. Dann macht er einen Schritt nach hinten und geht einmal im Kreis um die beiden herum.

Dabei schnüffelt er die ganze Zeit. Angelica drängt sich das Bild eines Türstehers auf, der prüft, ob die Gäste in sein gehobenes Etablissement eintreten dürfen.

Am Schluss der Runde kommt er offenbar zu einem Ergebnis. Er marschiert steif zu Tante Isabella und … nickt.

Das kann doch nicht sein, oder?

Isabella ist zufrieden mit der Antwort und findet das wohl nicht außergewöhnlich.

„Alles klar, pack sie ein. Wir nehmen sie mit.“ Angelica ist noch immer irritiert von dem, was hier gerade geschehen ist. Hat sie tatsächlich gerade den Schnüffel-Persönlichkeitscheck eines Hundes miterlebt? Doch ihre Tante ist bereits wieder auf dem Weg zurück in Richtung Pick-up und bedeutet ihr, ihr zu folgen. Dabei trägt sie Angelicas Rucksack in der rechten Hand, als wäre er eine kleine Handtasche.

Angelica beugt sich hinunter zu Stella und dem Welpen. Die zwei wirken etwas verunsichert durch das, was gerade passiert ist. Angelica kann das bestens nachvollziehen.

„Na, was ist mit euch? Wollt ihr mit?“, fragt sie die zwei und streichelt Stella über den Kopf.

Die Hündin sieht sie besorgt an, als wollte sie fragen: *Ist das dein Ernst?*

Angelica zuckt mit den Schultern. „Es bleibt euch überlassen. Aber ich glaube, sie ist okay“, flüstert sie.

Was auch immer jetzt passiert, es kommt, wie auch immer es kommen soll, versucht sie sich selbst Mut zu machen.

Sie atmet einmal tief ein, dreht sich um und geht über die Straße. Dabei sieht sie vorsichtig von links nach rechts. Wer Tante Isabellas Methode der Straßenüberquerung einmal gesehen hat, entwickelt unmittelbar ein Verständnis dafür, wozu Verhaltensregeln im Verkehr sinnvoll sind.

Unentschlossen wartet Stella noch einige Sekunden. Dann scheint sie einen Entschluss gefasst zu haben. Sie schnappt sich ihren Welpen und trottet wenig begeistert Angelica hinterher. Roberto ist offenbar durchaus ein Kavalier, wenn er nicht gerade Neuzugänge kritisch beschnüffelt. Er räumt für die zwei die Rückbank und begibt sich in den hinteren Fußraum. Angelica steigt auf den Beifahrersitz und Tante Isabella startet das Auto. Das erwacht mit einem lauten Knallen und einer großen schwarzen Rauchwolke zum Leben.

„Jetzt geht's los!", ruft sie voll Begeisterung und lenkt den Wagen genauso rücksichtslos auf die Straße, wie sie sie gerade eben überquert hat. Angelica hat den Eindruck, dass das empörte Gehupe der anderen Autofahrer ihnen noch kilometerweit folgt.

Nach einiger Zeit des Schweigens fragt Tante Isabella: „Nun erzähl mal, was hast du schon alles Großartiges auf deiner Reise erlebt?"

Angelica denkt kurz nach.

Habe ich überhaupt etwas erlebt?

Doch dann sprudeln die Worte nur so aus ihr heraus und sie erzählt, wie sie in Wien gestartet ist. Wie unsicher sie war, was ihr nächster Schritt sein sollte. Wie es ihr dämmerte, dass sie nach Sizilien muss, um ihre Wurzeln zu finden, obwohl sie sich gar nicht mehr so sicher ist, ob das noch immer ihr Ziel ist. Sie erzählt von Marlena und ihren Zauberkunststücken, dem kleinen Jungen und der Begegnung mit Stella und ihrem Welpen. Als sie beschreibt, wie sie in der Nacht auf die knurrende Hündin traf und sie für sich einnahm, stößt ihre Tante einen anerkennenden Pfiff aus. Nachdem Angelica alles berichtet hat, ist eine Zeit lang nur das Rattern des Wagens zu hören.

Isabella ist eine gute Zuhörerin, stellt Angelica überrascht fest. *Sie kann ein Wirbelsturm sein, der alles von den Socken fegt, aber anscheinend auch eine Quelle der Ruhe, der man gern alles erzählt.*

„Da hast du doch so einiges erlebt“, resümiert ihre Tante schließlich.

Tatsächlich, jetzt, da sie alles hat Revue passieren lassen, findet Angelica das auch. Eine ganze Menge Abenteuer für eineinhalb Wochen. Sie nickt nachdenklich. Ihr geht eine Frage durch den Kopf, die sie unbedingt loswerden will.

„Sag mal, Tante Isabella, darf ich dich mal was fragen?"

„War das nicht bereits eine Frage?", antwortet Isabella lachend. „Na komm schon, leg los."

Angelica nickt. „Warum habe ich dich nie bei den Familienfesten gesehen? Du wärst mir sicher aufgefallen."

Ihre Tante lacht noch lauter. Angelica hat langsam den Eindruck, dass diese Frau ständig lacht. Sie scheint in einer Welt zu leben, in der sie andauernd etwas Witziges erkennt, das den anderen Menschen entgangen ist.

„Das kommt daher, weil ich der bunte Vogel der Familie bin." Sie fängt mit den Händen am Steuer an, die Ellbogen wie Flügel auf und ab zu heben. „Das schwarze Schaf, wenn du so willst, oder von mir aus auch der Elefant im Porzellanladen. Ich habe die Tendenz, meine Klappe nicht halten zu können und zu sagen, was mir im Kopf herumspukt. Das kommt in unserer Familie interessanterweise nicht wirklich gut an. Vielleicht habe ich zu viel mit anderen ... Wesen zu tun, die einfach direkter kommunizieren. Das färbt wohl ... ab." Amüsiert blickt sie Angelica an. „Also haben wir eine Art Familiendeal. Sie laden mich nicht ein und ich muss nicht kommen. So sind beide Seiten höchst zufrieden."

Sie zwinkert Angelica zu. Doch die ist gerade von etwas ganz anderem irritiert.

„Mit anderen Wesen?", hakt sie nach.

„Ja, genau", bestätigt Tante Isabella lachend. „Das wirst du bald schon sehen."

Langsam macht sich Angelica Sorgen. War es wirklich eine gute Idee, Stella und den Welpen in den Pick-up zu laden und mit ihrer Tante mitzufahren? Alles, was sie bis jetzt von dieser Frau gehört hat, lässt sie mehr verrückt als vernünftig wirken. War das Ganze am Ende vielleicht ein Fehler?

Das Universum lächelt. Wie leicht lässt sich Angelica immer wieder irritieren, wenn sich andere nicht ihren Erwartungen entsprechend verhalten. Als gäbe es einen universellen Standard, an dem sich alle zu orientieren hätten. Schade, dass die von den Menschen erfundenen Standards auf äußeren Verhaltensweisen zu basieren scheinen, denn sonst könnte das Universum dieser Sache mittlerweile durchaus etwas abgewinnen. *Vielleicht hätte ich mich doch für einen Standard der Liebe und offenen Herzen als oberste Priorität entscheiden sollen?*, überlegt das Universum. *Aber wenn man von der Idee des freien Willens überzeugt ist, passen Standards, an die sich alle zu halten haben, einfach nicht mehr ins Konzept. Wieso war ich von dieser Sache mit dem freien Willen noch mal so überzeugt?*, rätselt es schmunzelnd. Dann fällt sein Blick auf das Stundenglas und es wird ungeduldig. Eine Sache, die es sich selbst nicht zugetraut hätte. Der goldene Sand im oberen Glaskolben wird weniger und weniger. *Es wird höchste Zeit, dass sie zu ihrem Ursprung kommt und Kontakt mit ihrer Seele aufnimmt. So kann sie herausfinden, was ihre wirkliche Aufgabe ist.*

Manche Veränderungen müssen eben zur richtigen Zeit stattfinden, damit die Choreografie ihren Lauf nehmen kann. Und wenn es um nicht weniger als eine neue Welt geht, dann kann man davon ausgehen, dass dies eine durchaus komplexe Angelegenheit ist.

Angelica erinnert sich zurück an das Gespräch am Frühstückstisch, an den Moment, als ihr Vater die Notiz aufgeschrieben hat. Nun gut, er hat dabei seltsam gelächelt, aber sie hat dem nicht allzu viel Bedeutung beigemessen.

Wusste ihr Vater, wie Tante Isabella drauf ist? Vielleicht, überlegt Angelica, *hat sich ihre Tante in den letzten Wochen, Monaten oder Jahren komplett verändert.*

Da ihre Eltern wenig Kontakt mit ihrer Familie in Sizilien haben, kann es durchaus sein, dass ihnen das entgangen ist. Ein leichter Schlag auf die Schulter holt sie wieder in die Realität zurück.

„Hey Kleine, keine Angst, bin schon keine Wahnsinnige. Alles gut, bin ganz normal, nicht wahr, Roberto?"

Der Hund bellt zustimmend.

Ob Roberto diesbezüglich eine glaubwürdige Quelle ist?, fragt sich Angelica.

Einige Kilometer später steigt Tante Isabella aus, hebt den Schlagbaum in der kleinen Einfahrt, die gerade breit genug für den Pick-up ist, hoch und fährt mit dem Auto auf das Anwesen.

Wo sind wir denn hier gelandet?

Soweit Angelica sehen kann, erkennt sie nur ein einziges Gebäude auf dem Grundstück, und das wirkt eher wie eine wilde Hütte als wie ein befestigtes Haus. Als sie den Blick hebt, traut sie ihren Augen kaum. Sie dreht sich weg und noch mal hin. Doch es ist immer noch da. Und es kommt näher … Vor ihr ragt der Kopf einer Giraffe, die genüsslich an den Blättern eines Baumes nascht, in die Höhe.

„Tante Isabella …"

Sie zwinkert Angelica zu. „Ja, Angelica, es ist mir durchaus bewusst, dass ich eine Giraffe habe, und um die wichtigste Frage, die dir auf dem Herzen brennt, gleich zu beantworten: Sie heißt Hermann und hier, so weit draußen in der Pampa, bekomme ich selten Besuch, sodass wir hier in Frieden und Ruhe leben können." Sie lacht, dann fährt sie fort: „Ob du es glaubst oder nicht, Hermann ist recht praktisch. Man muss zumindest sehr selten die Bäume zurechtstutzen. Das macht Hermann ganz von alleine."

Ja, das kann sich Angelica durchaus vorstellen. Sie sieht zu der Giraffe hinauf und hat das Gefühl, als schwebte ihr Kopf in den Wolken, während sie an ihr vorbeifahren. Isabella hält mit quietschenden Reifen direkt vor dem Haus, schnappt sich Angelicas Rucksack und steigt aus dem Auto. Sie öffnet die hintere Wagentür und geht ins Haus. Stella und der Welpe sehen irritiert nach draußen. *Die ganzen Gerüche, die sie gerade wahrnehmen, müssen irritierend sein,* denkt sich Angelica. Doch langsam bewegen sie sich aus dem Auto. Stella hat den Welpen im Maul und sieht sich unsicher um. Die drei folgen Tante Isabella etwas zaghaft ins Haus. *Mal sehen, welche Überraschungen dort auf uns warten.*

Nach dem Eintreten wirft Isabella den Rucksack in eine Ecke, lässt sich entspannt in einen Lehnstuhl fallen und bedeutet Angelica, sich auf das Sofa zu setzen.

„Willkommen bei mir!“, sagt sie, breitet die Arme aus und grinst übers ganze Gesicht. Angelica sieht sich um und ist überwältigt von der Vielfalt an unterschiedlichen Eindrücken. Afrikanische Teller und Masken, indische Tücher, europäisches Porzellan und chinesische Strohhüte sind nur eine kleine Auswahl aus Tante Isabellas Sammelsurium. In diesem Zimmer treffen sich alle Länder der Welt in einem einzigen Chaos. Doch am verwunderlichsten ist der Affe, der entspannt in einer Ecke auf einem eigenen Kindercouchsessel lümmelt und die Neuankömmlinge mäßig interessiert betrachtet.

Angelica setzt sich vorsichtig und meint: „Das ist ... ähm ... interessant."

Tante Isabella lacht und sieht Angelica erwartungsvoll an. Diese ist sich noch nicht ganz sicher, was sie sagen soll. All das erscheint ihr zu viel von allem. Zu viel von der ganzen Welt in die wenigen Quadratmeter eines Wohnzimmers gepackt. Wie kann man denn inmitten dieses verwirrenden Chaos leben? Noch dazu mit Affe, Giraffe, Hund und wer weiß, was sonst für Tieren?

Sie setzt zu einer Frage an: „Wie ...?"

Tante Isabella grinst fröhlich, und aus irgendeinem Grund bringt Angelica es nicht übers Herz, die Frage zu beenden.

Jetzt ist Angelicas Herz aber wirklich empört. Langsam sollte sich das Hirn mal intelligentere Fragen ausdenken. *Wie kannst du in so einem Chaos leben?* ist nun wirklich nicht die Frage, die man jemandem stellen sollte, der ein so großes Herz hat, dass er Angelica gerade spontan aus der Stadt geholt hat und ohne viel Hin und Her bei sich aufnimmt. Immerhin brüstet es sich ständig damit, Schlauheit sei sein Markenzeichen. Bis jetzt kann das Herz davon nicht viel erkennen. Es hat die Nase voll, nicht nur wegen dieser Frage. Sondern auch wegen der anderen Fragen, die oft aus Not, Zorn und vorgefassten Meinungen geboren wurden und die teilweise nichts mit der Realität zu tun hatten, eher durchaus Hirngespinste beinhalteten. All diese Fragerei schien am Ende nichts zur Verbesserung von Angelicas Leben beizutragen. Nun fragt sich das Herz, ob dieses wahnsinnig allwissende Hirn, das sich als die große steuernde Intelligenz ausgibt, nicht auch einen wesentlicheren Teil der Arbeit übernehmen sollte. Wenn es darum geht, Einkaufslisten oder ähnlich einfache Dinge zu erledigen, dann ist es ja ganz praktisch. Aber wenn es darum geht, wirklich in der Welt ein Stück weit voranzukommen, ist das Herz ein bisschen enttäuscht vom Gehirn. Es hätte sich mehr erwartet.

Tante Isabella schaut Angelica mit ihren blauen Augen tief in die Seele. Sie ist offenbar einer dieser Menschen, vor denen man schwer sein Inneres verbergen kann – und irgendwie erinnert sie das an Marlena. Isabella scheint mitten im Chaos zu leben und trotzdem mit sich selbst im Einklang zu sein. Es wirkt, als wollte sie gar nicht aufräumen, sondern dass sie die Unordnung als einen fixen Lebensbestandteil akzeptiert, der gut zu ihr passt. Wie ein besonders schönes buntes Kleid.

Bevor Angelica ihre Frage fortsetzen kann, stellt Tante Isabella ihr eine: „Wer bist du und wer willst du werden?" Ihr Gesichtsausdruck bekommt etwas ausgesprochen Herzliches. „Das ist die Frage, vor der du versuchst zu flüchten, oder? Dabei ist sie gar nicht so schwer zu beantworten."

Angelica bleibt der Mund offen. Wie genau soll die Antwort darauf einfach sein? Sie findet, das ist die schwierigste Frage überhaupt und sie zu beantworten auch. Woher soll man das wissen? Wie soll man eine Entscheidung für seine Zukunft treffen, die später noch gültig sein wird? Angelica sieht ihre Tante an. „Wie ... meinst du ... das?"

Isabella steht auf und gesellt sich zu Angelica auf die Couch. Sie nimmt ihre Hände und sieht ihr dabei freundlich, aber bestimmt in die Augen.

„Du kannst werden, wer du sein willst, also werde, wer du bist, und gehe so deinen Weg."

Damit ist das Thema für Tante Isabella anscheinend erledigt. Sie steht auf, läuft zu Roberto, kniet sich auf den Boden, krault ihn hinter den Ohren und gibt ihm einen herzlichen Kuss auf die Stirn. Er wedelt begeistert mit dem Schwanz und schmiegt sich an ihre Hand. Anschließend erhebt sie sich wieder und sieht den Hund an.

„So, mein Guter, erklär den Neuankömmlingen mal unsere Regeln."

Roberto rafft sich auf, streckt sich, tappst zu Stella und stupst sie an die Nase. Stella ist etwas verwirrt, aber versteht dann doch. Sie schnappt sich den Welpen und folgt Roberto nach draußen.

„Hast du Hunger?", fragt Isabella, und Angelica nickt.

Das scheint alles zu sein, wozu ihre Gehirnzellen noch in der Lage sind. Wie kann ihre Tante einfach behaupten, dass sie werden soll, wer sie sie sein will? Denn das Problem ist: Angelica weiß genau das nicht – wer sie sein möchte.

„Na dann komm mit und hilf mir beim Kochen!", ruft Tante Isabella und winkt ihre Nichte gut gelaunt in die Küche.

Angelica folgt ihr. Als sie dort ankommt, bleibt sie verblüfft stehen. Der Unterschied zum Wohnzimmer ist enorm. Während dort vollkommenes Chaos herrscht, ist es hier so blank poliert, dass jedes Staubkorn unangenehm auffallen würde. Edelstahlmesser hängen an magnetischen Blöcken, weiße Schränke verbergen Kochutensilien und ein großer Gasherd mit sechs Kochplatten befindet sich im Zentrum der Küche. Tante Isabella gibt Angelica Gemüse, Schneidbrett und Messer in die Hand.

Die beginnt, das Gemüse klein zu würfeln. Irgendwie genießt sie die monotone Arbeit. Es holt sie etwas aus ihrer Verwirrtheit.

„Siehst du, geht doch", ruft ihr Isabella vom anderen Ende der Küche grinsend zu. Angelica hat es aufgegeben, sich einen Reim auf ihre vieldeutigen Aussagen zu machen.

Dann schnappt sich ihre Tante einen großen Sack mit Tierfutter und geht nach draußen. Kurz darauf hört

Angelica ein großes Tier brüllen. Sie hat keine Ahnung, welche Tiere auf dieser Ranch leben, aber in diesem Moment ist sie froh, drinnen und nicht draußen zu sein. So muss sie den anderen Mitbewohnern vorerst wohl nicht begegnen. Sie traut Isabella inzwischen so einiges zu. Obwohl die ohne Zweifel seltsam und vor allem irritierend ist, passiert etwas Eigenartiges in Angelicas Innerem. Statt immer nervöser zu werden, wird sie selbst ruhiger und ruhiger. Die Dinge scheinen sich in ihr neu zu ordnen. Sie geht durch einen Prozess, den sie zwar nicht versteht, aber trotzdem einfach geschehen lässt. Denn etwas anderes bleibt ihr gerade nicht übrig.

Das Universum lächelt. Es mag Tante Isabella von ganzem Herzen. Sie ist einer jener Menschen, die sich selbst gefunden haben und ihrer Seelenaufgabe nachgehen. Das ist wichtig, denn es ist die Natur des Menschen, sich selbst zu verwirklichen, und fertig ist man damit nie. Vor allem in einer Zeit des Wandels, wie es in der Welt gerade der Fall ist. Zumindest ist das Universum recht zuversichtlich, dass dieser Wandel mit Angelicas Hilfe passiert. Faule Ausreden zählen dann nicht mehr, sondern nur noch Taten – doch das ist leichter gesagt für Wesen, die problemlos einen Einblick in die Zukunft bekommen können. Das Universum betrachtet alle seine Atome. Jeder Moment hat seine eigenen Möglichkeiten, und dieser Moment in der

Geschichte des Universums scheint einzigartig zu sein. Es ist ein langer und gleichzeitig kurzer Augenblick. Ein außergewöhnlicher Augenblick mit einer unendlichen Fülle an besonderen Möglichkeiten. Bald ist es an der Zeit, dass eine dieser Möglichkeiten Realität wird. Das hat das Universum schon vor Ewigkeiten bestimmt. Es lächelt geheimnisvoll.

Wenn die Menschen nur wüssten ...

Nach einigen Minuten betritt Isabella wieder die Küche. Angelica ist gerade mit dem Gemüseschneiden fertig geworden. Ihre Tante kommt zu ihr rüber und sieht neugierig auf das Schneidbrett. Ein Stück Karotte nimmt sie zwischen Daumen und Zeigefinger und hält es ins Licht. Sie richtet ihre Brille, die Angelica bis jetzt gar nicht an ihr bemerkt hat, und betrachtet das Stückchen Gemüse interessiert, als wäre es ein ungewöhnliches Fundstück.

„Soso." Sie blickt kritisch von der Karotte zu Angelica.

Deren Bauch krampft sich zusammen. Hat sie gerade etwas falsch gemacht?

„Was ... siehst du?", fragt sie unsicher.

„Die Zukunft einer ganzen Generation ..." Sie grinst schelmisch „... und noch dazu ein hervorragendes Essen."

Tante Isabella lacht und schlägt sich voller Freude auf die Oberschenkel. Dann wirft sie das Stückchen Karotte zurück zu den anderen auf Angelicas Schneidbrett.

„Was genau glaubst du, was ich darin sehen soll? Es ist doch einfach nur ein Stückchen Karotte."

Sie lacht lauthals und klopft Angelica mit Begeisterung auf den Rücken. Die kann nicht anders, sie fängt an mitzulachen. Sie ist amüsiert über sich selbst und ihre Vorstellungen. Was hat sie nur gedacht? Dass Tante Isabella ihr alle Fragen des Lebens beantworten kann? Und dass sie anhand der Art und Weise, wie sie ein Stück Karotte schneidet, herausfindet, wer sie wirklich ist?

Angelica lacht aus vollem Herzen, bis ihr die Tränen aus den Augen rinnen. Sie lacht aus so vielen Gründen. Aus Traurigkeit, weil sie nicht weiß, wie es weitergehen soll, aus Freude, weil sie Tante Isabellas Humor genießt, aufgrund der Abstrusität eines Affen im Wohnzimmer und der Giraffe im Garten. Aber vor allem lacht sie, weil sie aus Wien weggegangen ist, um eine Reise anzutreten und eine Antwort zu finden, die sie nun in einem Stückchen Karotte finden wollte.

Nachdem sich die beiden wieder etwas beruhigt haben, beginnen sie gemeinsam zu kochen. Heraus kommt dabei eine wunderbar duftende Minestrone. Dazu holt Tante Isabella Antipasti, Käse und knuspriges Baguette aus dem Vorratsraum. Bepackt mit all diesen Köstlichkeiten gehen sie auf die Terrasse, wo zwei Schaukelstühle auf sie warten. Die beiden trinken kühles Limettenwasser und genießen das Leben, während sie sich die Köstlichkeiten auf der Zunge zergehen lassen.

Ihre Tante wirft Roberto immer wieder ein paar Stücke zu, und Stella sowie der Welpe bekommen etwas von Angelica ab. Als sie mit dem Essen fertig sind, lehnen sie sich zurück. Isabella nimmt sich eine Pfeife, stopft sie und zündet sie an. Dann blickt sie in die Nachmittagssonne, während ab und zu Hermann, die Giraffe, an ihnen vorbeikommt, um von einem anderen Baum zu probieren, der ihm als Zwischenmahlzeit besser zusagt als der, an dem er gerade zugange war. Einmal bückt er sich sogar und steckt den Kopf unter das Dach. Das sieht bei Giraffen nach einer äußerst komplizierten Abfolge von koordinierter Gelenk-, Fuß- und Halsakrobatik aus und dürfte nicht die einfachste Übung sein, aber es zahlt sich offensichtlich aus. Denn Tante Isabella gibt ihm etwas von dem Essen und einen dicken Schmatzer auf die Nase. Angelica hat keine Ahnung, was Giraffen normalerweise tun, wenn sie sich wohlfühlen, doch diese schnurrt vor Freude wie ein Kätzchen, wenn man es krault.

Angelica lächelt. *In was für einer verrückten Welt bin ich hier gelandet?* Gerade als sie diesen Gedanken fertig gedacht hat, geht die Haustür auf und der Affe kommt mit einer Spielzeugschaufel und einem Blecheimer heraus. Er sieht ihre Tante an, schürzt die Lippen und macht verärgert „brrrrrr“. Dann zieht er los. Tante Isabella sieht dem Affen nachdenklich hinterher. „Er mag es noch immer nicht, die Ställe auszumisten. Aber immerhin hat er jetzt verstanden, dass es seine Aufgabe ist."

Seine Aufgabe? Was ist denn damit wieder gemeint?, fragt sich Angelica. Sie wendet sich der Frau neben ihr zu. „Hat hier jedes Tier seine Aufgabe? Und was sind das für Regeln, die Roberto den Hunden beibringen soll?"

Tante Isabella lacht. „Die Regeln sind ganz einfach. Erstens: Keiner frisst den anderen. Zweitens: Trotz aller Unterschiedlichkeiten versuchen wir, miteinander auszukommen. Drittens: Wir akzeptieren die Schwächen des anderen, denn vielleicht verwandeln sie sich in Stärken, die wir eines Tages dringend brauchen."

Angelica nickt erstaunt und hört weiter zu.

„Ja, jeder hier hat seine Aufgabe. Roberto zum Beispiel achtet darauf, dass nur die richtigen Tiere zu uns kommen. Wir hatten einmal ein Problem ..." Tante Isabella sieht düster in eine Ecke des Strohdachs, während sie an der Pfeife zieht und im Anschluss eine große Rauchwolke an ihrem Kopf vorbeiziehen lässt.

„Ein Problem?", hakt Angelica neugierig nach.

„Ja, wir hatten mal einen Tiger, der sich nicht an die Regeln halten wollte."

Angelica macht große Augen. Damit hätte sie jetzt nicht gerechnet.

„*Einen Tiger?!*", ruft sie entsetzt aus.

Isabella lacht. „Ja. Er war im Grunde seines Herzens ein guter Kerl. Aber er hatte mehr Hunger, als gut für ihn war."

„Was ist denn passiert?"

„Ich musste ein ernstes Wörtchen mit ihm sprechen."

Und damit schien für sie das Thema erledigt zu sein. Angelica weiß nicht, was sie sagen soll. Diese Frau redet ernste Wörtchen mit Tigern, und wenn sie davon erzählt, klingt es, als hielte sie einem Teammitglied beim Volleyball eine Standpauke. Aber eigentlich meint sie hier eines der bedrohlichsten Raubtiere der Welt, das einen ‚zu großen Appetit' hatte. Das ist wohl nicht gerade ungefährlich. Ihre Tante scheint das Thema nicht für sonderlich außergewöhnlich zu halten. Sie schafft es, Angelica von einem Moment zum nächsten immer wieder aufs Neue zu überraschen. Doch Angelicas Neugier hat erst jetzt richtig Feuer gefangen.

„Und was hat es mit den Aufgaben auf sich?"

Tante Isabella zieht an ihrer Pfeife und lässt eine weitere Rauchwolke nach oben steigen, der sie nachdenklich hinterhersieht.

„Jedes Wesen auf der Welt braucht seine eigene Aufgabe. Sonst grübelt es zu viel, statt sich am Leben zu erfreuen und etwas Sinnvolles zu tun. Wir wollen doch auf dieser Welt alle sinnvoll wirksam sein. Auch wenn wir manchmal zu beschäftigt damit sind, uns selbst zu suchen oder abzulenken, um herauszufinden, wo wir anfangen sollen."

Kurz hält sie inne, als erinnerte sie sich an etwas, das in weiter Ferne aufgeschrieben steht und das sie erst wieder entziffern müsste.

„Wenn wir immer nur nach der perfekten Lösung suchen oder auf den richtigen Moment warten, verbringen wir unser Leben zu lange mit Suchen und Warten und haben am Ende viel zu wenig Zeit übrig, um zu leben, was wir tatsächlich sind."

Tante Isabella blickt nachdenklich an Angelica vorbei, als wäre sie gar nicht mehr hier. Die traut ihren Ohren kaum. *Habe ich gerade eine Standpauke wegen meiner Suche erhalten? Hat sie mir wirklich gerade erklärt, ich solle aufhören zu suchen und endlich anfangen zu finden? Aber wie stellt sie sich das vor?*

Als sie Isabella misstrauisch anblickt, wird ihr klar, dass das nur eine Ausgeburt ihrer Fantasie war. Ihre Tante hat mehr mit sich selbst geredet als mit Angelica. Stille breitet sich zwischen den beiden aus und man hört nur das Scheppern eines Eimers und das ärgerliche Knurren eines Schimpansen, der offensichtlich mit seiner Aufgabe überhaupt nicht zufrieden ist.

„Was können Tiere schon für Aufgaben übernehmen?", fragt Angelica gedankenverloren, als sie sich an den Affen erinnert.

Tante Isabella lacht. „Bei Tieren sind die Stärken manchmal offensichtlicher als bei den Menschen. Weil sie so geradlinig auf Dinge zugehen und so wenige Möglichkeiten haben, sich hinter ihrer Fassade zu verstecken, findet man leichter die Aufgaben, die sie übernehmen können. Robertos Riecher ist einzigartig. Er hat sich noch nie geirrt. Seitdem wir die Probleme mit dem Tiger hatten, habe ich aufgehört die Auswahl zu treffen, wer auf unsere Farm darf. Im Gegensatz zu mir ist Roberto unfehlbar. Genauso wie mit den Regeln. Ich weiß nicht, wie er sie den Tieren erklärt. Doch seitdem Roberto das tut, hatten wir nie mehr ein Problem. Die richtigen Tiere kommen zu uns und die Mitbewohner in unserem kleinen Garten Eden kommen hervorragend miteinander aus."

Sie greift nach unten und krault Roberto liebevoll zwischen den Ohren. Der schmiegt sich an ihre Hand wie ein kleiner Schoßhund und nicht wie der geheime Verwalter der Ranch. Angelica schaut Stella an und fragt sich, welche Aufgabe sie wohl übernehmen könnte, wenn sie auf dieser Ranch bliebe. Worin wäre Stella wirklich gut? Dann fällt ihr der Welpe ein, den Stella gerade beim Spielen beobachtet. Sie denkt an die Art und Weise, wie die Hündin den Kleinen schützt. Wie sie den Welpen auf die Menschen zugehen lässt, obwohl es ihr offensichtlich selbst nicht so leicht fällt, dasselbe zu tun. Wie sie ihn liebevoll abschleckt, wenn sie kurz von ihm getrennt war.

Angelica sieht in Stella ein riesengroßes Herz voll Mutterliebe. Stella wäre eine ausgezeichnete Mutter für die Jungtiere auf dieser Farm. Sie würde ihr Leben geben, um die Kleinen zu beschützen. Ja, Stella würde hier schnell eine Aufgabe finden. Angelica erinnert sich wieder an den Schimpansen mit dem Eimer.

„Und was tut der Schimpanse?"

Tante Isabella lacht. Im Hintergrund klirrt es wie aufs Stichwort. Es hört sich an, als würde ein Abfalleimer einmal quer durch die Luft fliegen, um bei voller Geschwindigkeit von einer Wand gestoppt zu werden.

„Ach, Joey meinst du. Er ist eines dieser kleinen griesgrämigen Wesen, die sich einfach nicht entscheiden wollen oder können. Und das ist total in Ordnung. Aber so bekommt er halt die Aufgaben, die sonst keiner möchte." Sie lacht erneut. „Zum Beispiel den ganzen Mist wegräumen, den diese Tiere produzieren. Und sosehr er auch flucht, der kleine Joey, wenn er am Ende des Tages mit seiner Aufgabe fertig ist, ist er zufrieden. Dann kommt er zurück und lässt sich von mir streicheln und hinter den Ohren kraulen. Er legt sich in seine kleine Hängematte und schaut verträumt in die Welt. Denn Joey weiß, dass es einen geben muss, der diese Aufgaben übernimmt. Und er ist einer der wenigen, die sie gut machen. Also selbst wenn er seine Aufgabe nicht unbedingt liebt, ist er zufrieden mit dem, was er dabei erreicht und für die Gemeinschaft hier tut."

Angelica nickt. Ihr wird langsam klar, wie reich sie auf dieser Reise beschenkt wurde. Sie durfte Marlena kennenlernen, deren Herz so groß ist, dass eine ganze Welt hineinpasst, und nun lernt sie Tante Isabella kennen, die trotz oder gerade wegen ihrer chaotischen Art mehr Weisheit im kleinen Finger hat als sie in der ganzen Hand.

Angelica hat das Gefühl, soeben die Antwort auf ihre Frage erhalten zu haben, was sie werden soll. Die Antwort ist:

Es gibt sie nicht die *Antwort für ein perfektes Leben. Es gibt auch keine, die alle Probleme verschwinden lässt und dafür sorgt, dass ich die Erwartungen der anderen Menschen nicht mehr spüre.*

Die einzige Lösung scheint zu sein, einfach zu starten und dabei meinem Gefühl zu folgen, ob ich in der richtigen Richtung unterwegs bin oder nicht.

Angelica wippt im Schaukelstuhl ruhig vor sich hin. Gemeinsam mit Tante Isabella blickt sie in die Ferne. Im Laufe des Schweigens und der gemeinsamen Gespräche sind die Stunden nur so an ihnen vorbeigezogen. Tante Isabella hat sich mittlerweile eine neue Pfeife gestopft und gemeinsam betrachten sie die untergehende Sonne, die langsam den tiefsten Punkt erreicht und die Welt in rot-goldenes Licht taucht. Zu ihren Füßen liegen die Hunde und im Hintergrund hören sie Hermann, die

Giraffe, an den Bäumen knabbern, sodass niemand sie mehr stutzen muss.

Nach einiger Zeit scheppert es und Joey kommt zurück. Keine Ahnung, ob sich Angelica das einbildet. Aber sie hat den Eindruck, dass dieser grimmige Affe jetzt deutlich zufriedener aussieht, und das, obwohl er komplett zerzaust und dreckig ist. Er wirft sich in eine Pfütze und badet grunzend. Dann schwingt er sich in eine kleine Hängematte auf der anderen Seite der Terrasse. Mit einem Fuß, der seitlich heraushängt, stößt er sich regelmäßig ab, um am Schaukeln zu bleiben. Begleitet vom leisen Quietschen der Hängematte bewegt er sich entspannt hin und her.

Irgendwie hat Angelica den Eindruck, dass es nicht mehr viel zu sagen gibt. Dass sie auf eine seltsame und überraschende Weise eine Antwort gefunden hat, mit der sie nicht gerechnet hat. Eine Antwort, die in ihrer Andersartigkeit die Frage überflüssig macht.

16.

Angelica verbringt einige Tage auf der Ranch. Sie hilft Tante Isabella, wo sie nur kann, bereitet Essen zu und versorgt die Tiere.

Einmal mistet sie sogar zusammen mit dem Affen die Ställe aus. Als die beiden aus dem Stall kommen, ist Angelica von oben bis unten verschwitzt und der Stallgeruch geht ihr nicht mehr aus der Nase. Jetzt weiß sie ganz klar, dass *das* nicht ihre Lebensaufgabe ist. Auf dem Weg nach draußen sieht Joey Angelica an, schürzt die Lippen und macht „brrrrr".

Angelica nickt zustimmend und fügt hinzu: „Du hast sooo recht." Sie kann ihn nur allzu gut verstehen. An diesem Abend sitzen sie und Tante Isabella auf der Veranda und genießen das gute Essen, während sich ihre Tante eine Pfeife anzündet. Sie erzählt Angelica von ihren Abenteuern und wo auf der Welt sie schon überall gewesen ist.

Gemütlich sitzen sie in ihren Schaukelstühlen auf der Terrasse und wippen hin und her. Vor ihnen brennt ein kleines Lagerfeuer.

Tante Isabella sieht Angelica direkt in die Augen. „Die ideale Richtung gibt es nicht und keine Wahl ist endgültig. Aber es ist wichtig, eine zu treffen. Denn wenn wir das nicht tun, kommen wir nicht voran. Und nur wenn wir entscheiden, können wir Stück für Stück herausfinden, wer wir wirklich sind. Denn keiner wird mit vollkommener Klarheit geboren und jeder Schritt hilft uns, ein wenig mehr darüber zu erfahren, wer wir sind."

Angelica hört aufmerksam zu und wippt weiter hin und her. Sie hat sich mittlerweile daran gewöhnt, dass die Weisheiten ihrer Tante ohne Vorwarnung auftauchen. Sie lässt sie gelassen durch sich durchfließen. Es ist sinnlos, ihre Aussagen und den Grund dafür zu hinterfragen, denn Angelica weiß jetzt, dass jede von ihnen ihren ganz eigenen Zweck erfüllt. Sie spürt, wie sie etwas in ihr bewirken, auch wenn sie es nicht immer mit Worten beschreiben kann. Es wird stiller in ihr, auf eine gute Art und Weise. Die beiden wippen weiter und beobachten das Lagerfeuer, das seine Schatten in die Nacht wirft, während ein neuer Gedanke in Angelica reift.

Das Herz genießt die lauen Abende am Lagerfeuer und die Berührung mit Tante Isabellas Herz. Es ist das Herz einer Frau, die nicht nur im Kontakt mit ihrem Herzen ist, sondern die es geschafft hat, ihr Umfeld so zu gestalten, dass Herz und Körper im Einklang sind. Eine Frau, die sich entfernt hat von den scheinbaren Gesetzmäßigkeiten der Gesellschaft und von all den Normen, die Menschen angeblich dazu zwingen, Dinge zu tun oder zu tolerieren, die sie unglücklich machen.

Wie bereits an den vorherigen Abenden umarmen sich Tante Isabellas und Angelicas Herz auch heute, während sie gemeinsam auf der Terrasse sitzen. Denn auch wenn Angelicas Herz vielleicht noch nicht ganz so reif ist wie das ihrer Tante, kommen sie doch beide aus der gleichen Liebe und haben den gleichen Wunsch: die Verwirklichung ihrer selbst.

Als Angelica am nächsten Tag aufsteht, um zum Frühstück zu gehen, stolpert sie über etwas, das unter ihrem Bett hervorsteht. Sie sieht zu Boden und beim Anblick ihres Rucksacks wird ihr schlagartig etwas klar:

Hierzubleiben bedeutet, zu diesem Zeitpunkt in ihrem Leben keinen nächsten Schritt zu machen. Es ist vielmehr die Flucht vor einer Wahl in eine Richtung.

Es war die richtige Entscheidung, sich auf den Weg zu begeben und auch bei Tante Isabella einzukehren. Doch nun ist dieser Weg hier zu Ende. Auch wenn sie ihre

Wurzeln nicht gefunden hat und noch immer nicht weiß, wer sie werden möchte, hat sie auf dieser Reise herausgefunden, wie sie diejenige werden kann, die sie sein möchte: Sie muss jeden Tag die bewusste Entscheidung treffen, wer sie in diesem Moment sein will. *Und das Wichtigste an alldem ist, damit anzufangen.*

Sie hat viel über sich gelernt und wunderbare Menschen getroffen, die ihr gezeigt haben, was es bedeutet, sein Herz zu öffnen. Angelica hat gelernt, dass sie noch lange nicht so reif ist, wie sie gedacht hat. Sie erinnert sich daran, wie sie mit dem Zeugnis in der Hand aus dem Saal gestürmt ist und dachte, sie wäre nun erwachsen und mit der richtigen Studienwahl hätte sie dann endgültig alle wichtigen Fragen des Lebens geklärt. Doch nun hat sie durch Tante Isabella gelernt, dass man nicht immer den scheinbar üblichen Weg gehen muss. Dass der Weg zum Ziel auch eine kurvige Landstraße mit vielen Abzweigungen sein kann und nicht immer ein gerades und vorgefertigtes Bahngleis ist. Am Ende ergibt sich der Weg aus der Summe der gewählten Abzweigungen, den sie genommen haben wird, um an den Ort zu kommen, an dem sie sein sollte.

Sie setzt sie sich wieder auf das Bett und betrachtet den Rucksack ihres Vaters noch mal genauer. Sie ist dankbar für die Dinge, die sie erlebt und über sich gelernt hat.

Sie weiß jetzt, dass sie ein Mensch ist, der auf seine Mitmenschen mit offenem Herzen zugehen kann; dass sie ein Mensch ist, der sich leicht und gut um andere kümmern kann; dass eine einmal getroffene Wahl nicht für immer gelten muss, sondern jeder Schritt ein Schritt auf ihrem eigenen besonderen Weg ist, der sie zu derjenigen machen kann, die sie sein möchte.

Sie lächelt und sieht sich in dem kleinen Zimmer, in dem sie die letzten Nächte geschlafen hat, um. Stück für Stück sammelt sie ihre am Boden verstreuten Kleider und packt sie in den Rucksack. Es war wirklich schön hier. Doch es ist an der Zeit, wieder nach Hause zurückzukehren und einige weitere Schritte zu tätigen.

Angelica blickt in den kleinen Spiegel und erkennt ihr eigenes Spiegelbild fast nicht mehr wieder. Sie erinnert sich an die schüchterne Angelica, die sie noch vor Kurzem war. Die in den Spiegel schaute und mit dem Zeigefinger auf sich selbst zeigte, um sich Mut zu machen und zu sagen: *Du kannst das! Du kannst auf diese Reise gehen! Du brauchst keine Angst zu haben!*

Heute sieht sie in den Spiegel und sieht eine junge Frau. Eine Angelica mit einem offeneren Herzen, die sich furchtlos auf die nächsten Schritte freut. Sie zwinkert sich selbst zu. Dann wirft sie sich den Rucksack über und öffnet die Tür. Tante Isabella sitzt am Frühstückstisch und wartet auf sie. Als sie Angelica mit ihrem Gepäck sieht, grinst sie.

„Eine gute Wahl."

Ihr Lächeln wird breiter. Und Angelica versteht, dass Tante Isabella schon länger darauf gewartet hat, dass sie ihre Sachen packt. Nicht, weil sie nicht gerne Zeit mit ihr verbringt, sondern weil das hier Tante Isabellas Geschichte ist, in der sie nur eine kleine Rolle spielt, statt ihre eigene Geschichte zu kreieren, in der sie die Hauptrolle besetzt.

Nach dem Frühstück dreht Angelica noch eine ausgiebige Runde über die Ranch. Sie streichelt Hermann, krault Joey hinter dem Ohr und tätschelt Roberto.

Dann geht sie zu Stella, die sich bereits wunderbar eingefügt hat. Als Angelica die Hündin an ihre Brust drückt, rinnen ihr die Tränen über das Gesicht. Sie nimmt den Welpen, hält ihn in die Höhe, küsst ihn auf die Stirn und lässt sich die Wange abschlecken.

„Werde ein richtig großer und starker Hund“, flüstert sie und lächelt.

Anschließend setzt sie ihn wieder ab, nimmt die Polaroid-Kamera, die sie sich von Tante Isabella ausgeborgt hat, und macht von den beiden ein Foto. Es surrt kurz und das Bild kommt vorne aus der Kamera. Ein Foto, das zwei schwarze Hunde zeigt, die immer einen Platz in ihrem Herzen haben und sie ihr ganzes Leben lang begleiten werden.

Doch auch das ist eine Wahl, die sie gerade trifft. Der Schritt, die beiden zurückzulassen, tut ihr in der Seele weh und trotzdem ist es das Richtige. Es bedeutet, dass Stella und der Welpe das beste Leben haben werden, das möglich ist. Sie sind bei jemandem gelandet, der ein größeres Herz für Tiere hat, als sie es wahrscheinlich jemals haben wird. *Die beiden leben nun bei einem Menschen, der im Notfall mit einem Tiger ein ernstes Wort reden kann,* stellt sie schmunzelnd fest.

Das laute Knallen des roten Pick-ups, der gerade gestartet wird, holt Angelica aus ihren Gedanken zurück in die Realität, und der schwarze Rauch des kaum benutzten Fahrzeugs zeigt ihr zuverlässig, wo sie es findet. Beim Auto angekommen wirft sie den Rucksack auf den Rücksitz und steigt ein. Dann nickt sie Tante Isabella zu und diese lächelt. So fahren sie los und wieder einmal zittern Siziliens Autofahrer vor Angst, als Tante Isabella den Wagen auf die Landstraße zusteuert.

Einige entsetzte Hupkonzerte später erreichen sie die Fähre. Angelica umarmt Tante Isabella, die sie zum Abschied liebevoll auf die Stirn küsst.

„Grüß deinen Vater und sag ihm, er soll sich mal wieder vorbeitrauen. Ich kann ihm garantieren, dass der Tiger schon längst weg ist."

Isabella zwinkert ihr zu und Angelica schmunzelt zurück. Ihr fehlen die Worte für so vieles. Das Einzige, was bleibt, ist ein offenes Herz. „Danke ... Danke für alles!"

„Los, geh schon, da drüben warten ein paar hübsche Matrosen!“, antwortet ihre Tante lachend. Und Angelica sieht, wie eine kleine Träne aus ihren Augenwinkeln rinnt. Dann schnappt sie sich ihren Rucksack und rennt auf das Schiff zu, das gerade ablegen will. Angelica betritt die Landungsbrücke in dem Moment, als der Matrose das Gitter schließen möchte. Sie fängt an zu laufen und erinnert sich mit einem Lächeln daran, wie sie und Marlena auf dem Weg hierher in der gleichen Situation waren. Diesmal winkt Angelica dem Matrosen zu und er wartet mit einem Grinsen. Langsam öffnet er wieder das Gatter und Angelica drückt ihm im Vorbeigehen fröhlich einen dicken Kuss auf die Wange.

Wenige Minuten später bewegt sich das Schiff aus dem Hafen, während sie auf das Deck im Heck des Schiffs geht, um ihrer Tante zuzuwinken. Diese startet bereits wieder das rote Auto, und Angelica muss lachen, als sie die große schwarze Rauchwolke sieht, die sich hinter dem Pick-up ausbreitet. Tante Isabella ist wirklich eine Nummer für sich. Sie spürt die Tränen über ihr Gesicht laufen und sucht in ihrem Rucksack nach einem Taschentuch. Als sie darin herumwühlt, ertastet sie etwas Hartes. Etwas, das ihr bekannt vorkommt. Als sie es aus dem Rucksack herausholt, blitzen die goldenen Buchstaben des Buchs in der Sonne. Sie streichelt liebevoll mit der Handfläche darüber und schlägt Seite drei auf. In fein geschwungenen Buchstaben steht dort geschrieben:

„Du kannst werden, wer du sein möchtest, also werde du selbst, so wie du sein willst. Jede noch so klitzekleine bewusste Wahl bringt dich einen kleinen Schritt näher zu dir selbst und der Erfüllung deiner Seelenaufgabe."

Angelica steht verblüfft der Mund offen. Das hört sich ja genauso an wie die Worte ihrer Tante.

Haben sowohl ihre Mutter als auch sie das Buch gelesen? Was hat es damit auf sich?

Sie blickt auf und stellt fest, dass Palermo nur noch ein Umriss in der Ferne ist. Sizilien ist Geschichte und damit vorerst auch die Möglichkeit, sich mit Tante Isabella darüber zu unterhalten, denn auf der Fähre gibt es keinen Handyempfang. Sie seufzt enttäuscht.

Doch dann lächelt sie. Sie erinnert sich, warum sie aufgebrochen ist: Sie wollte ihre Wurzeln finden und dabei hat sie entdeckt, dass diese gar nicht so wichtig sind. Dass die Substanz für das Handeln nicht aus der Vergangenheit ihrer Familie kommt, sondern tief aus ihrem Innersten, dass sie sich jedes Mal neu entscheiden muss und dass es hilfreich ist, dabei kleine Unterstützer zu haben. Wie offenbar dieses Büchlein, das sie seit Beginn der Reise mit sich herumgetragen hat. Ein Buch, das sowohl ihre Mutter als auch ihre Tante zu kennen scheinen. Sie beschließt, wenn sie zurück ist mit ihrer Mutter darüber zu sprechen und herauszufinden, was es damit auf sich hat.

Eine leichte Gänsehaut läuft ihr über den Rücken. Irgendetwas sagt ihr, dass mehr dahintersteckt als nur ein Zufall. Sie packt das Buch wieder ein und wischt sich die Tränen aus dem Gesicht. Dann steuert sie den Bug des Schiffs an. Vor ihr geht gerade die Sonne unter und sie erinnert sich an etwas, das Marlena ihr gesagt hat:

Die Sonne kann nicht sterben. Für sie ist der Untergang nur der nächste Schritt in eine andere Welt.

Ja, und heute trifft das auch auf mich selbst zu. Angelica sieht der Sonne entgegen und blickt in die Zukunft. Eine Zukunft, auf die sie sich zum ersten Mal so richtig freut.

Ihre Frage, was sie mal werden soll, ist nun überflüssig geworden. Ihre Aufgabe ist, einen Schritt nach dem anderen zu machen, um herauszufinden, wer sie sein möchte. Sie ahnt, dass ein Abenteuer der eigenen Art auf sie zukommt. Das fühlt sich nicht nur neu und anders, sondern auch richtig gut im Herzen an.

Sie hat erfahren, dass Unwissenheit nur ein Raum an Möglichkeiten ist, um zu gestalten, wer man sein möchte. Dass jede Antwort, die sie geben wird, nur eine von vielen ist, die sie wieder ändern kann, wenn es notwendig ist oder sie das möchte. Dass das Leben mit Entscheidungen nicht endet, sondern erst anfängt. Und dass sie eine ganze Menge Sternenhimmel für den

Moment, in dem sie Theo zur Nachprüfung begleitet, in sich trägt. Sie hebt den Kopf und lächelt dem Himmel entgegen.

Auch Angelicas Herz ist gut gelaunt. Manchmal sieht es mehr als Angelica. Ach was, es sieht eigentlich immer mehr als sie. Das ist seiner Meinung nach ja das Problem. Doch hin und wieder gibt Angelica ihrem Herzen tatsächlich auch die Möglichkeit, von diesem Wissen Gebrauch zu machen.

Sie legt sich auf das Deck und blickt in den Himmel. Um ihren zarten Körper ist eine Decke gewickelt, damit sie im Wind nicht friert. Sie streicht sich eine kastanienbraune Locke aus dem sommersprossigen Gesicht, die ihr der Wind in die Augen geweht hat. Jetzt, da ihr Kopf sicher auf den Rucksack ihres Vaters gebettet ist und sie vollkommen allein hier draußen liegt, erscheint ihr alles so einfach. Doch sie fragt sich, wie es ihr gehen wird, wenn sie wieder bei ihren Eltern ist. Wird sie es schaffen, bei sich zu bleiben, wenn die Erwartungen der anderen Menschen erneut auf sie einprasseln?

„Ach Angelica", flüstert das Universum „Du wirst immer meine Unterstützung haben – egal ob du deinem Weg folgst oder nicht. Aber jetzt ist es wirklich an der Zeit, dass du verstehst, was deine Aufgabe ist. Gut, dass hier jemand auf dich wartet.“ Das Universum kann ein Schmunzeln nicht unterdrücken.

In diesem Moment hört Angelica ein Geräusch. Es kommt von der schweren Eisentür, die aufs Deck führt. Sie beobachtet, wie sie dreimal einige Millimeter aufgeht, um wieder zuzufallen. Was das wohl sein mag? Schließlich öffnet sie sich einige Zentimeter und ein kleines Mädchen mit einem blonden Zopf späht durch den Spalt. Es scheint allein zu sein und große Mühe zu haben, die schwere Eisentür zum Deck aufzubekommen. Als sie es endlich schafft, glaubt Angelica ein kleines Lächeln in ihren Mundwinkeln und ein Glitzern in den Augen zu sehen. Kein Wunder, denkt sie sich. *Das Mädchen hat nicht aufgegeben und die Tür ganz allein aufbekommen. Darauf kann es stolz sein.* Angelica beobachtet verwundert, wie die Kleine zur Reling geht. Sie ist wahrscheinlich nicht älter als fünf oder sechs Jahre. Was macht sie allein hier draußen, so nah am Meer? An der Reling setzt sie sich auf den Boden und sieht in den Himmel. In diesem Augenblick entsteht eine Lücke in den Wolken und ein kleiner Stern funkelt auf sie herab. Sie hebt die Hände zum Mund, küsst sie und breitet sie nach oben hin aus. Angelica sieht sie verblüfft an. Sie kennt sonst nur einen Menschen, der das getan hat. Marlena, die Zauberin, die die ganze Welt umarmt.

Angelica ist neugierig geworden und geht zu dem Mädchen. Sie begrüßt es leise, um es nicht zu erschrecken: „Ciao"

Die Kleine dreht den Kopf zu ihr. In ihren Augen ist kaum Verwunderung, sondern eher eine Art tiefe Traurigkeit zu sehen. Dennoch nickt sie ihr freundlich und ohne jegliche Scheu zu. Angelica lässt sich nieder und setzt sich zu ihr auf den Boden. Gemeinsam blicken sie in den Himmel.

„Das war ich", sagt das Mädchen und zeigt mit dem Finger in den Himmel, wo sich die Wolkendecke geöffnet hat, um einen weiteren Stern sichtbar zu machen.

„Von diesem Stern bin ich heruntergekommen. Manchmal frage ich mich, ob das die richtige Wahl war. Manche Dinge sind hier weitaus schwieriger, als ich dachte."

Angelica sieht das Mädchen verwundert an. Dann schmunzelt sie. Das Spiel kann sie gerne mitspielen.

„Von diesem Planeten kommst du? Tatsächlich? Wie war das denn so?", fragt sie, ein Kichern unterdrückend.

Doch die Kleine dreht den Kopf und mustert sie ernst. Ihr Blick scheint alt zu sein, viel älter als der Blick eines jungen Mädchens sein sollte.

„Du solltest vorsichtig sein mit Sarkasmus. Manchmal kann man damit Menschen verletzen, und nur weil du etwas nicht verstehst, muss es nicht gleich falsch sein."

Das Mädchen streckt die Hand aus und wedelt damit in Richtung Himmel, während sie Angelica fixiert. In diesem Moment verschwindet eine kleine Wolke und macht Platz für einen zweiten Stern, der hell leuchtet. Angelica sieht die Kleine verwundert an. Wie kann das sein? Das muss gerade ein unglaublicher Zufall gewesen sein. Ihr Mund öffnet sich immer mehr in Erstaunen, als das kleine Mädchen den Blick weiterhin auf Angelica gerichtet hält und mit der Hand eine weitere Bewegung macht. Ein dritter Stern gesellt sich zu den anderen beiden. Das Mädchen wendet sich von ihr ab und wieder dem Himmel zu. Angelica will nicht glauben, was sie gerade gesehen hat, und schüttelt unbewusst den Kopf.

„Wie machst du das?", fragt sie verdutzt und wesentlich ernster als zuvor. Das kleine Mädchen sieht sie forschend an. Dann nickt es, offensichtlich zufrieden mit dem, was es bewirkt hat.

Es steht mühsam auf und dabei scheint es noch ernster und älter als bisher.

„Weißt du, wenn man nicht viel Zeit hier hat, dann sollte man sich nicht lange damit aufhalten, unsicher zu sein. Man muss sich mit den eigenen Wünschen sicher sein und danach streben, sie zu erfüllen. Wenn der eigene Wunsch stark und klar genug ist und noch dazu im Einklang mit dem Universum steht, dann wird er sich einfacher erfüllen, als du denkst."

Damit dreht es sich um und macht sich auf den Weg zurück zur Tür.

„Warte!“, ruft Angelica ihm verblüfft nach. Das Mädchen dreht sich noch einmal um und Angelica hat den Eindruck, als würden die Augen der Kleinen wütend funkeln.

„Nein, geh du endlich los! Du hast mehr Zeit als andere. Nutze sie und zögere nicht!“, ruft sie ihr zurück. Angelica sieht das Mädchen überrascht über diesen Gefühlsausbruch an. Dann greift es nach der Tür und zieht an ihr, bis sie sich knarrend öffnet. Das Letzte, was Angelica in dem Gesicht der Kleinen sieht, ist die reine Freude darüber, dass sie ein so schweres Objekt ganz allein bewegt hat.

Was war das gerade, fragt sich Angelica noch lange, als sie wieder allein an Deck ist. Hat sie geträumt oder ist das wirklich geschehen? Sie blickt sich um und erkennt nur das weite, ruhige Meer rund um sich. Es gibt kein Anzeichen dafür, dass hier wirklich gerade etwas passiert ist. Das, was sie gerade gehört und gesehen hat, erscheint ihr viel zu wundersam für die Realität, um es ernst zu nehmen. Sie schüttelt den Kopf und geht wieder zu ihrem Rucksack. Dann sieht sie zu den Sternen. Sie nimmt die Hand und wedelt leicht damit, dabei muss sie schmunzeln. *So ein Blödsinn!*, murmelt sie leise. Sie schließt die Augen und übersieht dadurch, wie eine

Wolke zur Seite zieht und den Blick auf einen Stern freigibt, der ihr zuzwinkert.

Als Angelica am nächsten Tag aufwacht, spürt sie eine seltsame Unruhe. Sie erinnert sich an den gestrigen Abend oder eher an den Traum, den sie hatte. Gab es das kleine Mädchen wirklich? Konnte es tatsächlich Wolken wandern lassen? Sie schüttelt den Kopf, verärgert über sich selbst, dass solche Hirngespinste in ihr herumgeistern, und dennoch zweifelt sie, ob es real war oder nicht.

Angelica packt ihre Sachen. Nachdenklich holt sie ihre Wasserflasche aus dem Rucksack. Dabei berühren ihre Finger etwas Kantiges. Sie erfühlen altes Papier, und Angelica greift nach dem kleinen Büchlein, das ihr ihre Mutter mitgegeben hat:

Das Universum und ich – eine Liebesgeschichte.

Sie befühlt die goldenen Buchstaben auf dem alten, ledernen Einband. Wo das wohl schon überall war? Dann schlägt sie es auf Seite vier auf und liest:

„Wenn man sich wirklich sicher ist und seine Wünsche im Einklang mit dem Universum sind, dann kann das Universum gar nicht anders, als uns bei der Unterstützung unserer Wünsche behilflich zu sein.“

Verblüfft lässt sie das Buch fallen, das mit einem viel zu lauten Knall auf den Boden kracht, als wäre es schwerer, als es aussieht. Erschrocken weicht sie einen Schritt zurück. *Was genau … hat es mit diesem Buch auf sich? Das waren doch die gleichen Worte, die das Mädchen gestern Abend sagte.* Sie korrigiert sich: *Von dem sie geträumt hatte. Oder?* Langsam fragt sie sich, in welche Welt sie hier geraten ist. Wie kann es sein, dass diese ganzen Zufälle zusammenspielen? Was ist mit ihrem alten Leben passiert? Mit ihrem rationalen Dasein, wo alles noch seinen Sinn und Zweck hatte oder zumindest alles halbwegs vorhersehbar war?

Sie sieht das Buch misstrauisch an. Der Wind blättert durch die Seiten, ansonsten scheint es sich unauffällig zu verhalten. Wie ein normales Buch eben. Schließlich erholt sie sich von ihrem Schock. Langsam und vorsichtig geht sie zu dem Buch und hebt es mit spitzen Fingern auf. Sie behandelt es wie ein kleines, sehr gefährliches Tier und wickelt es in ihre Decke. Dann verknotet sie das Tuch rund um den Umschlag. Als wollte sie verhindern, dass die Dinge, die in diesem Buch stehen, herausschweben könnten, um ihr Leben noch mehr durcheinanderzubringen. Sichtlich zufrieden mit dem Ergebnis und wieder mit etwas mehr Selbstvertrauen packt sie das Buch zurück in ihren Rucksack. Schließlich ist es ein Geschenk ihrer Mutter gewesen. Angelica ist kein Mensch, der solche wertvollen Gegenstände einfach wegwirft. *Selbst wenn damit ... einige seltsame Zufälle verbunden sind.* Sie schultert ihr Gepäck und starrt auf die Umrisse von Genua, die näher kommen. Bald ist es an der Zeit, sich die nächsten Schritte zu überlegen. Sie kaut nervös an der Unterlippe.

Die Passagiere strömen aufs Deck, sammeln sich vor dem Ausstieg und sind bereit, die Fähre zu verlassen. Als Angelica mit ihnen von Bord geht, glaubt sie, in der Ferne den blonden Zopf eines kleinen Mädchens zu sehen. Na und? Sie versucht sich zu beruhigen. Es gibt unendlich viele Mädchen mit blonden Zöpfen. Das heißt noch lange nicht, dass ihr gestriges Erlebnis real war. Doch dann dreht sich das Mädchen um. Angelica erstarrt und sieht in die gleichen Augen, denen sie schon gestern Nacht begegnet ist. Augen, die älter sind, als sie überhaupt für einen Menschen von dieser Welt sein dürften. Vielleicht so alt wie von einem Wesen, das von einem anderen Stern kam. Die Kleine hebt die Hände, formt einen Trichter und trotz der Entfernung kann Angelica die Worte des Mädchens hören. Nicht über den Schall durch die Luft, wie es normalerweise bei einem Ruf von Mensch zu Mensch notwendig ist, sondern direkt in ihrem Kopf. Dort bleibt die Frage des Mädchens mit schwerer Leichtigkeit stehen und vibriert in ihren Gehirnzellen: „Und? Hast du herausgefunden, was dein Wunsch ist?“

Dann dreht sich die Kleine wortlos um und verlässt an der Hand einer erwachsenen Frau das Schiff. Angelica versucht, das Erlebnis bereits wieder zu verdrängen und es einer Halluzination zuzuschreiben, während sie sich von der Masse an Menschen Richtung Ausgang treiben lässt. Doch als Mutter und Kind festen Boden betreten, dreht sich das Mädchen noch einmal um und blinzelt ihr verschwörerisch zu. Sie hebt den Arm und zeigt mit ihrem Zeigefinger genau auf Angelica. Ihr Mund formt noch einmal ein Wort, das ohne Umwege direkt in Angelicas Kopf erscheint.

„Du!“

Angelicas Füße werden weich und können sie kaum mehr tragen. Sie hält sich am Geländer fest und schafft es gerade noch, sich wenige Schritte vom Ausstieg des Schiffes zu entfernen, um sich auf der Anlegestelle am Rand des Meeres zu Boden sinken zu lassen. Ihre Finger zittern und aus ihren Augen laufen die Tränen. Sie schnappt nach Luft und mit einem Mal wird ihr klar, dass es kein Entrinnen gibt. Denn sie allein entscheidet in ihrem Leben, wo die Reise hingeht. Niemand anderes. Die Last der Verantwortung erscheint ihr drückend schwer.

Das Universum sieht auf Angelica hinab und würde ihr am liebsten mit der Hand über das Haar streicheln. Oftmals brauchen die Menschen die Erkenntnis, dass sie selbst es sind, die alles beeinflussen. Das Universum hat Menschen in vollkommener Freiheit erschaffen, damit sie vollkommene Leichtigkeit und Freude leben können. Allerdings nehmen das die Menschen oft nur als Schwere und Verantwortung wahr. Wie so oft ist es eine Frage der Perspektive und beide haben recht. Mit der absoluten Entscheidungsfreiheit liegt auch die Wahl in ihren Händen, was sie damit anstellen. Das Universum bietet nur die unendliche Knetmasse; was die Menschen daraus machen, bleibt ihnen überlassen. Alles ist aus einem Feld der unendlichen Liebe entstanden, der Ursubstanz des Universums, von der immer genügend vorhanden ist. Davon schickt es einen kleinen Funken in Angelicas Herz. Denn ob etwas Befreiung oder erdrückende Last ist, ist nur eine Frage der Perspektive.

Angelicas Tränen laufen ihr über die Wangen. Sie weint, schluchzt und schüttelt gleichzeitig den Kopf. Was ist nur mit ihr los? Warum macht sie es sich so schwer? Sie erinnert sich an die Party am Kahlenberg, nachdem sie ihr Abschlusszeugnis entgegengenommen hat. Wie sie in Gesprächen herausgefunden hat, dass alle ihre

Schulkolleginnen, bereits wussten, was sie tun werden, und sie sich nur von dieser Entscheidung belastet fühlte. Sie blieb ahnungslos, wie es weitergehen sollte, und jetzt sitzt sie auf einem Landungssteg in Genua, weil sie versucht hat bei ihren Herkunftswurzeln die Antwort zu finden. Dabei hat sie die Erkenntnis gewonnen, dass sie selbst frei ist, alles zu tun, was sie möchte. Doch was *genau* ist das?

Die beiden inneren Vorstellungen streiten in ihr. Die Vorstellung, in der sie nach Hause kommt mit einem klaren Plan, der ihr Umfeld zufriedenstellt, tritt gegen die Vorstellung an, dass sie keinen Plan braucht und dass es so was gar nicht gibt. Dass das Leben eine Abfolge von einzelnen Entscheidungen ist, die zu einem immer bunteren Mosaik namens Angelica werden.

Das Herz in Angelicas Brust seufzt. Hier braucht es mehr, stellt es nüchtern fest. Es erinnert sich, dass wir alle unsere Seelenaufgabe haben, doch es weiß nicht, welche Angelicas Aufgabe ist. Es kann nur spüren, wo sie sich hingezogen fühlt, und den wahren und liebevollen Momenten in Angelicas Leben mehr Raum geben. Doch das reicht hier nicht und das Herz ist nicht unendlich in seinem Wissen. Nun ist der Augenblick der Veränderung gekommen und dafür muss es über sich hinauswachsen. Einen kleinen Tod sterben, indem es akzeptiert, dass es jemanden braucht, der mehr vermag – es braucht Angelicas Seele.

Das Herz konzentriert sich. Und wenn sich ein Herz konzentriert, dann sollte man ihm besser aus dem Weg gehen. Es folgt seinen eigenen Wurzeln, fließt den Kanal der unendlichen Liebe entlang auf der Suche nach seinem Ursprungsort. Mit geschlossenen Augen erspürt es die Pfade seines Wachstums und folgt ihnen zurück zu seiner Entstehung. Es ist furchtlos, wie es Herzen mit großen Seelen meistens sind. Sie stellen sich der Angst, denn wie sollen sie sonst wachsen?

Das Universum lächelt. Ist es nicht faszinierend, was Herzen vermögen? Es denkt an Menschen mit erwachten Herzen und welche innere und äußere Größe sie mit dieser Erkenntnis erreicht haben. Erstaunlich! Gleichzeitig sieht es, wie diese Menschen im selben Moment Angst vor den Kleinigkeiten des Alltags haben: nicht perfekt zu sein oder jemanden enttäuschen zu müssen. Nicht nur das Universum, auch Menschen sind ein seltsames Paradox von manchmal schier unglaublicher Größe in ihrer Kleinheit.

Das Herz begegnet den Gefahren, den Ablenkungen und Verführungen, die es von seinem Weg abbringen wollen, und weicht ihnen gekonnt aus. Unbeirrbar auf dem Weg zu seinem Ursprung, als würde es magisch angezogen werden. Nichts und niemand könnte es jetzt noch aufhalten, denn es spürt die Wichtigkeit der Aufgabe, die über sich selbst hinausreicht. Es geht an seinen Ursprung, einen Ort jenseits aller Worte. Einen Moment lang steht es still und es ist nur das Glitzern von reinem Potenzial und Möglichkeiten zu hören. Dann legt es seine Hand auf Angelicas innerste und wahre Existenz. Es verbeugt sich in demütiger Freude, denn es fühlt, was jetzt folgt. Ein wohliges Schaudern überkommt das Herz. Es richtet sich auf und beginnt aus sich heraus rötlich zu leuchten. Es öffnet sich vollständig, um Platz für etwas zu schaffen, für dessen Erwachen es höchste Zeit ist. Ein Lichtfunken kommt aus Angelicas Ursprung und trifft sie inmitten des Herzens, erleuchtet es und den Weg, den es zurückgelegt hat. Dann ist es so weit: Auf einer Welle von Liebe schwimmt das Herz wieder dorthin, wo seine Reise anfing. Dort angekommen ist es erschöpft, aber zufrieden. Denn was es gespürt hat, war die Kraft einer erwachenden Seele. Angelicas Seele.

Auf einmal hat Angelica den Eindruck, von einem Stromschlag getroffen zu werden. Ihr Körper zittert, während sie von Heulkrämpfen geschüttelt wird. Sie hyperventiliert in der Spannung, die sie in diesem Moment umfängt, und bekommt Panik. Doch dann hört sie eine zarte Stimme in ihrem Kopf: „Atme langsam."

Angelica fasst sich und holt tief Luft, während die Tränen ihr nach wie vor aus den Augen rinnen. Dann atmet sie lange aus. Ihr wird ein Stück leichter ums Herz und ein Bild taucht vor ihr auf, geschickt von ihrer Seele, die sie auf den nächsten Schritt ihres Lebenswegs bringen will.

Denn im Leben gibt es für alles seine Zeiten. Die Zeit der Suche, die wir brauchen, um zu reifen. Die Zeit für die Stille, in der wir unserem Inneren lauschen. Aber auch die Zeit für das Finden der Erkenntnisse, um der Wahrheit ins Auge zu blicken. Für Angelica ist es nun an der Zeit zu finden.

So schickt die Seele ihr das Bild des Mannes, von dem Marlena ihr erzählte. Der Mann, der am Strand Gitarre spielte und in ständiger freudvoller Kommunikation mit dem Universum ist. Der Mann, der zwar blind ist, aber die Welt mit dem Herzen sieht. Der Mann, der einen Menschen durch eine einzige Begegnung derartig verändern kann, dass sein einziges Bedürfnis darin besteht, die ganze Welt zu umarmen. Sie verspürt ein uraltes Sehnen, und ein Seufzer der Erleichterung dringt aus ihrem Herzen. Ihr wird bewusst, dass sie sich bereits vor sehr, sehr langer Zeit entschieden hat, sich auf den Weg zu diesem Mann zu begeben.

„Noch mal“, hört sie erneut die sanfte Stimme.

Sie atmet wieder tief ein, während sie sich immer mehr beruhigt und die drängenden Fragen ihres Kopfes langsam verschwinden: *Wie soll das gehen? Musst du nicht nach Hause? Machst du mit dieser Suche dein Leben kaputt?* In der ungewöhnlichen Stille nutzt das Herz die Gelegenheit und formuliert erneut den Wunsch, den es schon zu Beginn der Reise hatte: „Ich möchte endlich wissen, wer ich wirklich bin", hört Angelica sich selbst flüstern. Dann versiegen die Tränen, und sie trocknet zitternd ihre feuchten Wangen.

Plötzlich bemerkt sie, dass neben ihr jemand stehen geblieben ist. Sie wendet den Kopf. Das kleine Mädchen mit dem blonden Zopf blickt sie neugierig an. Es lächelt, während es ab und zu neugierige Passanten abwimmelt. Als Angelica in seine Augen sieht, glaubt sie, bis in die Unendlichkeit des Kosmos zu sehen. Das Mädchen nickt ihr freundlich zu.

„Gut gemacht. Hör niemals auf zu wünschen. Denn wie sonst soll das Universum wissen, was du möchtest?"

Die Kleine gibt ihr einen Kuss auf die Wange. Dann dreht sie sich um und geht fröhlich hopsend zu ihrer Mutter. Wie in Trance hört Angelica diese fragen: „Wer war das?"

„Eine Freundin, die vergessen hat, wie sie nach Hause kommt. Doch jetzt ist sie ein Stück mehr bei sich zu Hause angekommen", antwortet die Kleine vergnügt.

Die Mutter erwidert lächelnd: „Du und deine überbordende Fantasie seid unglaublich, mein kleiner Engel."

Angelica lacht. Sie lacht, wie sie noch nie in ihrem Leben gelacht hat. Sie lacht in das Universum. Sie lacht in die Sterne und sie lacht in die Tiefen der Welt. Sie lacht aus einem Verständnis jenseits des Verstands, des Herzen und allem, was sie bis jetzt erlebt hat. Sie lacht aus tiefster Seele.

Als sie sich beruhigt hat, steht sie mühsam auf. Es kommt ihr vor, als wäre sie einen Marathon gerannt, und gleichzeitig fühlt sie sich, als wäre sie gerade aus einem erquickenden Schlaf erwacht.

Erleichtert betrachtet das Universum die letzten goldenen Körnchen, die durch das Stundenglas rollen. Ja, sie hat es geschafft. Sie ist zu ihrem Ursprung gereist und hat die Nachricht bekommen, die dort auf sie gewartet hat. Sie ist im Einklang mit der Entscheidung, die sie als Seele getroffen hat, und hat erkannt, dass sie nun den alten Mann suchen muss, um den nächsten Schritt auf ihrem Lebensweg gehen zu können.

Angelica hat eine große Entwicklung durchgemacht, auch wenn diese von außen nicht sichtbar ist. Sie hat gelernt, wie wichtig das Innere ist, um das Außen zu gestalten – und nicht umgekehrt. Angelica ist ein Stück mehr sie selbst geworden. Und das gerade noch rechtzeitig, denn das nächste Kapitel steht kurz bevor. Mit einem Pling verschwindet das Stundenglas und gibt die Sicht frei auf das nächste ... und das nächste und das nächste. Das Universum blickt auf unzählige Stundengläser, die sich in einer Dimension hinter dem Sichtbaren in einer endlosen Schlange hintereinander reihen. Ohne sich davon beeindrucken zu lassen, rinnen die ersten goldenen Körnchen im nun größten Stundenglas von oben nach unten.

Es ist eine Zeit der Veränderung, stellt das Universum fest und ist gespannt, wie weit Angelica zu gehen bereit ist. Wird sie das letzte Stundenglas je erreichen? Wird sie ihren Seelenwunsch, die Welt zu verändern, auch umsetzen können? Manchmal findet das Universum es schade, dass es niemanden hat, der mit ihm wettet. Vermutlich wäre es zwar ein bisschen unfair, mit dem Alles-was-ist zu wetten, aber lustig wäre es allemal ... zumindest für das Universum.

Auch das Herz ist erleichtert und saugt den Sonnenuntergang in sich auf. Es schwelgt in den rotgoldenen Tönen und breitet sich aus. Es erinnert sich daran, als es das letzte Mal in Genua war, und umarmt wieder einmal die ganze Welt. Was Angelica und das Universum gerade glauben und meinen, ist nicht so wichtig. Denn das Herz lauscht seinem Ursprung, dem

Pochen der allumfassenden Herzensenergie – der unendlichen Liebe.

Es beginnt immer mehr zu verstehen.

In diesem Moment steht Angelica auf. Sie zögert nicht mehr, keine einzige Sekunde. Sie hebt die Arme zum Sonnenuntergang. Und sie schreit in die Welt: „Ich liiiiiiiiiiieeeeeeeeebbbbeeeee diiiiiiiiiiiich!"
Dann sieht sie in die Ferne. Ihr wird bewusst, dass sie erst den Anfang gemacht hat und sich nun auf die Suche nach dem blinden Mann begeben muss, von dem sie durch Marlena gehört hat. Sie weiß, dass es einige Entscheidungen zu treffen gibt, und auch wenn sie noch keine Ahnung hat, worauf ihre Wahl genau fallen wird, ist sie fröhlich. Langsam wird ihr klar, dass ein ganz besonderes und herausragendes Leben auf sie wartet. Nämlich eins, in dem sie im Sand des Lebens und der Welt ihren ganz eigenen Pfad gehen wird, um neue Fußabdrücke dort zu hinterlassen, wo vor ihr noch niemand war.

Und das fühlt sich unglaublich gut an.

Ende

Ps: Wenn Du gleich weiterlesen möchtest, schau dir Band 2 von Angelicas Wunderwelt: „Vom Herzen geführt“ an.

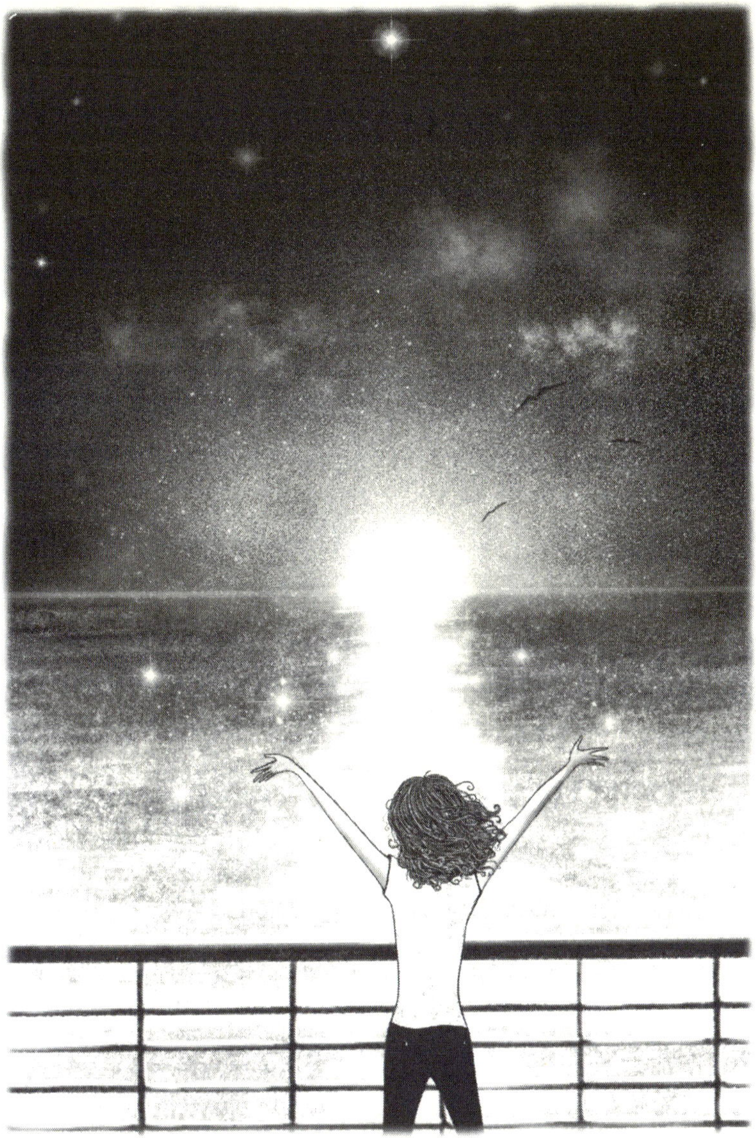

Liebe Leserin und Leser,

schön, dass Du hier bist. Denn was einen Autor ausmacht sind seine Leser.

Deswegen freue ich mich, wenn Du Dich zu meinen Wunderbriefen anmeldest.

So bekommst Du:
Updates, wenn ein neuer Band erscheint,
Infos zu meinem Leben als Autor und dem Schreibprozess.
Die Möglichkeit als TestleserIn an meinen Geschichten mitzuwirken

Du erreichst mich natürlich auch persönlich, sobald Du bei einem meiner Wunderbriefe auf antworten klickst.

Ich freu mich schon auf Dich!

Zu den Wunderbriefen anmelden kannst Du dich hier:
www.angelicas-wunderwelt.com

Hat dir Angelicas Reise gefallen?

Dann kannst Du dafür sorgen, dass es weitere Bücher von Angelicas Wunderwelt gibt!

Rezensionen helfen anderen Lesern sich darüber zu informieren, ob sie ein Buch kaufen sollen und sind außerdem schlichtweg großartig, wenn es darum geht auf mein Buch aufmerksam zu machen.

Falls Du dieses Buch also gut findest und mich unterstützen möchtest, freue ich mich über eine Rezension auf dem Portal deiner Wahl.

Deine Rezension kann wirklich Vieles bewirken.

Alles Liebe und bis zum nächsten Buch,
Wilfried

Danksagung

Meinen Lesern und Leserinnen, für euch ist diese Geschichte entstanden. Möget ihr lachen aus tiefster Seele, weinen voller Freude, euch wieder erinnern an eure innerste Natur und leuchten wie die Sterne am Himmel. Ich danke euch dafür, dass ihr da seid.

Meiner treuen und unermüdlichen Korrekturleserin Anja, die mich immer wieder dazu angespornt hat, ein Stück besser zu werden, und deren unerschütterlicher Glaube an die Geschichte mich über die Höhen und Tiefen der Korrekturen getragen hat.

Meinen Testleserinnen Viktoria, Lydia, Valerie, Ursula, Connie. Ohne euer Feedback und eure Unterstützung wäre diese Geschichte nie so wundervoll geworden, wie sie jetzt ist – ich danke euch aus ganzem Herzen und in tiefster Verbundenheit für eure Unterstützung.

Meinen beiden Lektorinnen Dolores und Natalie, die aus dem universalen Rohmaterial durch ihren weisen Input eine großartige Geschichte gezaubert haben. Danke für eure Hilfe.

Der lieben Ilona, die mit akribischer Genauigkeit, die letzten fehlenden I-Tüpfelchen aufspürte, um der

Geschichte zum abschließenden Glanz zu verhelfen. Ich danke Dir von Herzen.

Der großartigen Phoebe, welche die Wunderwelt mit ihrem zauberhaften Zeichenstift visuelles Leben eingehaucht hat. Du bist wirklich ein großartiger Mensch und hast Angelicas Welt um ein vielfaches wunderbarer gemacht.

Dem Universum für diese Geschichte. Seine Größe und unendliche Liebe rühren mich in Dankbarkeit und Bewunderung immer wieder zu Tränen. Danke für das Erlebnis dieser Existenz.

Meinen Lehrern und Lehrerinnen, vor allem Greta und Siegfried. Ihr habt mir gezeigt, was möglich ist, wenn man mit offenem Herzen durch die Welt geht, und dass es keinen bösen, sondern nur freudigen Wandel gibt. Ich danke euch für euren Mut, eure Herzlichkeit und Fröhlichkeit.

Meiner Freundin Nathalie, die mir täglich zeigt, dass „unmöglich" einfach ist. Sie hat für dieses Buch mit einem Augenzwinkern Berge versetzt und mir dabei täglich den Glauben an das Gute geschenkt. Du bist eines der wunderbarsten Geschenke des Universums und ich bin dir unsagbar dankbar, dass du mich auf dieser Reise begleitest und alles wundervoller machst.

Danke!

Inhaltsverzeichnis

Weitere Bücher aus der Angelicas Wunderwelt Reihe:

Band 2: Vom Herzen geführt

Die abenteuerliche Reise zweier Menschen auf der Suche nach sich selbst.

Angelica hat es nicht einfach - sie möchte Marius, einen blinden Mann in Lissabon finden, denn das ist die Aufgabe, die ihre Seele ihr offenbart hat. So macht sie sich auf eine herausfordernde Reise ans andere Ende Europas, ohne seinen genauen Aufenthaltsort zu kennen. Doch auch Marius hat einen Auftrag vom Universum erhalten und begibt sich darum auf seinen eigenen Weg in die entgegengesetzte Richtung.

Schaffen es die beiden, auf ihre Herzen zu hören und sich trotz der Umwege zu treffen, die eine solche Reise mit sich bringt?

Band 3: Das Buch des Universums

Angelicas Leben hat sich in ein Chaos verwandelt.

Gerade von ihrer Reise zurückgekommen, nimmt ihre Mutter das Buch des Universums an sich, weil sie glaubt, dass es Angelicas Leben gefährdet. Als wäre das noch nicht genug, melden sich ihre wirren Träume wieder, die ihr anscheinend etwas Wichtiges über ihre Zukunft mitteilen wollen.

Gut, dass sie in diesem Chaos nicht alleine ist, denn der alte blinde Mann und Tante Isabella stehen ihr mit weisen Ratschlägen zur Seite. So lernt Angelica immer mehr auf ihr Herz zu hören und ihren eigenen Lebensweg trotz aller Widerstände zu gehen.

Ein Roman für Herz und Seele für alle, die an Wunder glauben wollen.

Sepapaja tn 6
Lasnamäe linnaosa
Harju maakond
15551 Tallinn

Vertrieb:
Nova MD GmbH
Raiffeisenstrasse 4
83377 Vachendorf
Bestellung an bestellung@novamd.de

Umschlaggestaltung, Illustration: Phoebe Jandl & GermanCreative
Lektorat, Korrektorat: Natalie Röllig, Dolores Omann & Ilona Szoboszlai
Weitere Mitwirkende: Nathalie Spittler und Anja Möschler
Verlag: WondersAndChange OÜ, Tallinn